Nadeje

Romance

Dans la même collection :

Lyn DENISON, *Et la revoir…*
Lyn DENISON, *Rêve à nu*
Ann O'LEARY, *Celles qui s'abandonnent*
Gerri HILL, *Coyote Sky*

ÉDITIONS DANS L'ENGRENAGE
BP 104
40 002 MONT-DE-MARSAN CEDEX - FRANCE
www.danslengrenage.com
danslengrenage@yahoo.fr

Katherine V. Forrest

Le vin étrange

Roman

traduit de l'anglais (États-Unis) par Marie Pellegrin

Romance

Titre original : *Curious Wine*

ISBN original : 1 872642 020

Ceci est une œuvre de fiction dans laquelle les noms, personnages et événements relèvent soit de l'imagination de l'auteure, soit d'une utilisation dans un cadre fictif. Toute ressemblance à des faits réels ou à des personnes existant ou ayant existé ne serait donc que pure coïncidence.

ISBN 978-2-915342-16-1

J'avais eu faim, toutes ces Années
Mon Midi était venu – qu'enfin je mange
En tremblant la Table j'approchai
Et goûtai le Vin Étrange

Emily Dickinson

Pour Sheila, qui a rendu tout cela possible.

Il faisait chaud dans le chalet éclairé par la lumière que Diana Holland et Vivian Kaufman avaient aperçue de loin, sur la route de montagne battue par le vent ; une amicale lueur jaune qui rayonnait dans la nuit noire, sur la neige brillante.

Liz Russo les accueillit avec des exclamations de bienvenue et un tourbillon d'embrassades pour Vivian, tout en les débarrassant de leurs manteaux. Quatre autres femmes étaient réunies autour d'une énorme cheminée où brûlait un bon feu. L'une d'elles retint immédiatement l'attention de Diana : assise devant le foyer, elle se leva lorsque Liz fit les présentations. Elle s'appelait Lane Christianson et lui tendit la main, puis à Vivian. Grande et mince, elle écarta une mèche blonde de son front.

— Elaine ! s'écria Vivian avec un sourire, gardant sa main dans la sienne un instant.

— Lane, corrigea son interlocutrice. C'est le diminutif de Marlene, comme Dietrich. Ma mère était très fan de Dietrich et elle n'a pas du tout pensé à l'extravagance qu'il y avait à m'affubler d'un nom et d'un prénom à trois syllabes.

Un pantalon vert foncé et un pull camel assez près du corps lui seyaient à la perfection.

— Lane, c'est joli, dit Vivian en rajustant la veste de son tailleur écossais.

Diana, qui avait elle aussi lissé son gilet, se fit la remarque, non sans amusement, qu'une femme très séduisante renvoie presque systématiquement aux autres la pleine conscience de ce qu'elles sont, et les place toujours un peu sur la défensive. Elle lui jeta un coup d'œil plein d'admiration mais aussi de curiosité. Les différentes invitées portaient des jeans et des pulls ou des survêtements.

— Je devrais la remercier de m'avoir appelée Marlene. Après tout, Maman aurait pu vouer un culte à Hedy Lamarr ou à Pola Negri, plaisanta Lane en s'adressant à Vivian. Qu'aurais-je fait d'un Hedy ou d'un Pola ?

Elles éclatèrent de rire. Lane, elle, sourit, d'un sourire que Diana trouva froid, distant. Vivian lança :

— Tout le monde connaît le nom de jeune fille de Liz ?

— Bien sûr. Taylor, répondit Madge Vincent.

Diana gloussa :

— Liz Taylor, c'était toi ?

Lane rit, un léger son argenté.

— Je t'emmerde, Kaufman, protesta Liz. Tu mériterais que je t'arrache tes faux cils. Elle se tourna vers Diana d'un air triste, incluant Lane dans son coup d'œil : Vous imaginez, grandir en s'appelant Liz Taylor ? Dès l'âge de douze ans, je voulais me marier rien que pour changer de nom… Elles repartirent toutes d'un grand éclat de rire. Liz demanda à Diana : Qu'est-ce que tu veux boire ? Il n'y a plus de vodka mais il reste plein de bourbon, de scotch et de gin. Et aussi un peu de vin.

— Je prendrais bien du vin, s'il est blanc.

— C'est du blanc, mais pas exactement le genre qu'on sert au Beverly Hilton. Ce sont mes fils qui l'achètent. Fais comme chez toi. Si tu n'aimes pas le vin, tu peux toujours te joindre aux buveuses d'alcools forts. Viv, suis-moi à la cuisine, on a des tas de bêtises à se raconter.

La cheminée était entourée d'un grand canapé, de deux fauteuils et d'une table basse ronde où se trouvaient des boissons et un plateau de fromage. D'immenses coussins en velours étaient disposés sur le devant surélevé du foyer. Diana décida de s'installer près du feu. Madge dit :

— Vivian et toi, vous devez avoir une bonne raison pour vouloir vivre dans cette horrible ville de Los Angeles ?

C'était une femme au regard intense, âgée d'à peu près trente-cinq ans, avec des cheveux noirs ébouriffés qui lui tombaient jusqu'aux épaules ; assise sur le canapé, elle secouait sa cigarette dans un cendrier débordant de longs mégots. Diana prit place sur un coussin, sourit et leva les mains en un geste conciliant.

— Je m'incline devant la supériorité de San Francisco. Et surtout parce que, après le départ de Vivian, je serai en minorité, seule contre cinq. Néanmoins, ce n'est pas vraiment ma faute. Je n'y peux rien, je suis née à Los Angeles. Ou plus exactement dans la sympathique banlieue de Burbank.

— Tu savais que Viv était originaire de San Francisco ? interrogea Chris Taylor, une femme rondelette aux cheveux grisonnants, qui avait des yeux bleus timides et inquiets. Lors des présentations, Diana avait appris qu'il s'agissait de la sœur de Liz.

— Oui. J'ai entendu des tas d'histoires sur votre enfance commune, à Liz, Viv et toi. J'ai fait la connaissance de Liz l'année dernière, à Noël. Elle était venue pour les fêtes avec son mari.

Elle sourit au souvenir du plaisir qu'elle avait eu de rencontrer les Russo : Liz, plutôt enveloppée, naturelle, avec un grand cœur ; son époux, un gentil nounours bruyant qui fumait le cigare.

— Tu as su, pour leur divorce ?

— Oui, Viv me l'a appris. J'en ai été tout à fait désolée.

— Vingt ans… soupira Chris. On ne parle pas de George devant Liz.

Diana regarda Millie Dodd qui, assise en tailleur sur le sol, entreprenait de sortir d'un étui matelassé une guitare visiblement précieuse pour la poser sur ses genoux. Quand elle entonna à voix basse et sourde la chanson *George and Millie*, ses doigts courant avec de vifs à-coups sur les cordes produisirent un tambourinement aux accents fatalistes. Elle repoussa ses cheveux blonds oxygénés, sorte de nuage frisé entourant son visage, et accompagna son petit effet musical d'un sourire de plaisir, avec les yeux bleus ingénus d'un enfant. Diana se dit qu'elle pouvait tout aussi bien avoir vingt-cinq ans que quarante.

Tandis que Millie continuait tout doucement ses agréables accords, Liz apporta du vin à Diana avant de retourner à la cuisine. Celle-ci but une gorgée du verre bas et pesant. Avec une grimace de dégoût, elle le posa sur le foyer. En levant les yeux, elle croisa le regard amusé de Lane Christianson.

— Pas exactement un grand cru, hein ?

— Il y a un peu trop de vinaigre à mon goût, plaisanta Diana en remarquant un verre identique, presque plein, à côté de son interlocutrice.

— C'est du vinaigre pur, tu veux dire. Tu préfères peut-être un digestif ?

— Je n'aime que la vodka.

— Moi aussi.

— Je nous trouverai un petit quelque chose tout à l'heure, quand j'irai en ville.

Les yeux de Diana s'attardèrent sur Lane. L'éclat sautillant des flammes donnait des reflets dorés à ses fins cheveux blonds qui descendaient juste sous la nuque et retombaient sur son front. Coupés en un dégradé qui changeait d'aspect quand elle remuait la tête, ils évoquèrent à Diana un bouquet d'arbres à l'automne, de ceux qu'elle avait vus en Utah, avec des feuilles semblables à des pièces de monnaie, baignées de lumière, s'agitant dans le vent en différents tons mordorés. À la lueur du feu, les nuances chaudes de sa peau laissaient deviner la couleur topaze qu'elle devait arborer au soleil de l'été. Diana ne pouvait décider si ses yeux étaient gris ou bleus. Lane était assise dans une pose détendue, les jambes gracieusement ramenées sous elle, son corps musclé et ses épaules n'en restant pas moins très droits. Diana la trouva belle.

— Qu'est-ce que tu fais dans la vie, Diana ? questionna Millie.

— Je suis au service du personnel de la West Coast Title and Trust, répondit-elle, se détournant à contrecœur de Lane pour faire face aux autres femmes.

— Tu t'occupes de leurs clients ? demanda Chris.

— Non, j'embauche des gens. Je travaille beaucoup avec Viv, qui est directrice de recherches là-bas. Par exemple, j'ai engagé pas mal de dactylos pour elle.

— Il t'est déjà arrivé de prendre quelqu'un qu'elle a détesté ?

La question amusa Diana.

— Elle rouspète de temps en temps, mais en général, je tombe juste.

— J'imagine que le plus dur c'est après, pour réussir à garder le personnel, fit remarquer Lane.

— Oui, répondit Diana en posant de nouveau les yeux sur elle. C'est fou, de nos jours, on passe d'un boulot à l'autre comme un rien. Je reçois en entretien des jeunes qui ont moins de vingt-cinq ans, et déjà une douzaine de jobs à leur actif. Et toi, qu'est-ce que tu fais dans la vie ? interrogea-t-elle à son tour, piquée par la curiosité.

— Je suis avocate.

— Bravo !

— L'avantage d'être entre femmes comme ici, c'est que pour une fois, je peux dire "avocate", sans arrière-pensée. Au bureau, on me regarde de travers si je ne dis pas "avocat". Quand on ne me prend pas carrément pour une secrétaire.

Elles pouffèrent. Diana reprit :

— Tu es indépendante ?

— Je travaille pour un cabinet. Avec cinq noms. Je te donnerai ma carte au cas où tu aurais besoin d'un coup de main, un jour.

Elle parlait d'une voix légère, une lueur d'excitation dans le regard.

— Tu as une spécialité ?

— Les sacs de nœuds imbéciles dans lesquels se fourrent nos clients, des entreprises pour la plupart, à cause de violations des droits civiques.

— C'est formidable !

— Non, c'est frustrant. Autant essayer d'attraper la lune avec les dents. Depuis 1964, malgré la Loi sur les Droits Civiques, tout le pseudo-intérêt pour ces questions et les moulinets de nos dirigeants… le progrès est si microscopique que c'en est choquant. Non seulement ça se passe mal pour les femmes, mais c'est encore pire pour les Noirs : la plupart des cadres que je connais aimeraient autant qu'ils retournent dans les champs de coton.

— Je suis d'accord avec toi au sujet des femmes, intervint Chris. Mais parfois je trouve… Attention, je précise que je suis aussi tolérante que n'importe qui… Je trouve que les Noirs auraient dû rester à leur place. Et pareil pour tous ces gens qui envahissent San Francisco depuis quelque temps, ces… ces…

— Chris, sors de ta caverne, coupa Madge. Il faut respecter la sphère privée des autres.

— Facile à dire, ils accaparent l'immobilier à tout va, ces… pervers.

— Chris…

— Je n'ai aucune envie qu'on se dispute !

— Moi non plus, fit Lane avec un sourire mince et las. Je suis justement venue ici pour échapper à tout ça.

Brisant le silence gêné, Diana demanda :

— Tu es dans l'immobilier, Madge ?

— Plus ou moins. Je suis une espèce d'intérimaire, répondit-elle en tirant profondément sur sa cigarette, avant de tendre la main vers le cendrier. Vous avez des métiers beaucoup plus stables que le mien.

— Je croyais qu'on était en plein boom de l'immobilier. En tout cas, à Los Angeles, je peux vous le certifier.

— C'est bien le problème.

Madge éteignit son mégot et se passa les doigts dans les cheveux. Elle glissa une nouvelle cigarette entre ses fines lèvres et sourit amèrement à Diana en approchant la flamme d'un minuscule briquet en or :

— Tout le monde est dans l'immobilier ! J'ai rencontré Lane parce qu'à l'agence, nous avons eu besoin de faire appel à son cabinet. C'est une bonne avocate, mais qui s'implique trop et travaille comme une bête.

— L'immobilier, ce n'est pas mon domaine. J'aidais un collègue et, du coup, j'avais besoin de rechercher des informations pour la moindre chose, expliqua Lane en regardant Diana. Elle rit : Résultat, j'ai été une avocate médiocre qui a mis un temps fou à boucler son affaire.

Madge s'adressa à Diana :

— Elle n'est arrivée que deux heures avant toi, alors qu'elle était censée venir avec moi avant-hier, pour se détendre et skier pendant une semaine complète.

— Complications de dernière minute. Ça arrive, Madge.

— Ça t'arrive tout le temps, à toi.

— Dis-moi Millie, qu'est-ce que tu fais ? demanda Diana.

— Je suis infirmière, répondit-elle en buvant une

gorgée de ce qui ressemblait à un Martini. Tu sais, Chris et moi, on habite dans la même rue, et je t'assure qu'elle n'est pas aussi étroite d'esprit qu'elle en a l'air.

Chris se défendit d'un ton acerbe :

— Je travaille pour l'un des vice-présidents de Shell. Si tu entendais ce qu'il pense, lui…

— Ça fait combien de temps que tu es chez Shell ? demanda Diana, désireuse de changer de sujet.

— Vingt-quatre ans depuis le mois dernier.

— Ah. Tu as sans doute un poste à responsabilités…

— Oui, j'ai bossé pour y arriver. J'ai toujours été secrétaire et j'en suis fière.

— Il n'y a pas de quoi, puisque c'était écrit dans le scénario de ta vie, lança Madge.

Diana dissimula son sourire. Liz et Vivian revinrent de la cuisine bras dessus, bras dessous, apportant des boissons.

Simulant un intérêt poli pour la conversation qui suivit, Diana regarda autour d'elle : la cheminée, en pierre de taille du sol au plafond, dominait le chalet d'une façon spectaculaire, la plupart des meubles étant rassemblés autour. Le lambris foncé était chaleureux et brillant, assorti à l'épaisse moquette couleur tabac. Quant à la cuisine, elle était séparée de la pièce principale par un comptoir arrondi ; Diana se fit la réflexion qu'elle avait l'air particulièrement bien équipée pour un chalet, avec des placards et des plans de travail de généreuses dimensions, un énorme réfrigérateur et une cuisinière sophistiquée. Dans le coin salle à manger, une lampe Tiffany était suspendue au-dessus d'une table ovale entourée de chaises en osier. Une bibliothèque contenait des cartes à jouer, des puzzles et des jeux de société, une collection de livres de poche ainsi que d'ouvrages reliés de la même couleur, sans doute des classiques. Au bout de la pièce, il y avait une porte, conduisant visiblement aux chambres et à la salle de bain. Une solide échelle reposant contre un mur permettait d'accéder à une trappe ouverte dans le plafond. Diana y jeta un coup d'œil, imaginant la beauté de la neige et des arbres vus depuis l'étage. Une douleur, soudaine, aiguë, inattendue, la transperça. Jack... La force et la chaleur de ses bras, avec tout ce froid et tout ce blanc autour d'eux... Elle sursauta quand Lane lui dit :

— Attends de voir comment c'est, là-haut.

— On voit un peu, par la fenêtre ?

— Tout l'univers, répondit-elle en souriant, puis elle secoua la tête. Liz part du principe que personne n'aime devoir grimper à l'échelle avec des bagages à la main, et donc, au chalet, la règle veut que les derniers arrivés couchent en haut. Tu ne peux pas savoir, c'est incroyable ! Diana regarda de nouveau vers la trappe, prise d'une folle impatience. Lane proposa : Tu veux monter tes affaires et jeter un coup d'œil ? Je vais t'aider.

— Diana, appela Vivian. Il est l'heure de conduire Vivian vers son funeste destin.

Diana lui adressa un signe et expliqua à Lane :

— Il faut que j'emmène Viv en ville. Elle loge au Harrah, avec quelqu'un.

— Ah bon ? Pourquoi ne viennent-elles pas ici ? Oh, mais bien sûr, ce quelqu'un doit être du genre masculin !

— Exactement, acquiesça Diana avec un sourire.
— Je voulais venir ici pour échapper à ça aussi, au moins quelques jours. Bon, eh bien, on montera à ton retour. Sauf si tu as prévu de rester là-bas et de jouer ?
Diana prit sa décision sur-le-champ :
— Non, je reviens.
Liz tendait son manteau à Vivian :
— Allez, en route pour ton antre de perdition, ma chère. Je parie que John est dans un tel état d'excitation qu'il a mis un costume large. C'est un bon coup, au moins ?
— Non seulement il est bon, mais en plus ça dure des heures, gazouilla Vivian en tortillant une boucle de Liz, d'un brun châtain clair zébré de gris.
— Mon œil ! Comment tu le saurais, vieille peau, ça fait un bail que tu peux plus tenir au-delà du quart d'heure, se moqua Liz en lui donnant une tape sur l'épaule.
— C'est un concours de baise que tu veux ? s'écria Vivian. Si c'est ça, dis-le tout de suite, croulante !
Chris constata d'un air résigné :
— Elles ont toujours parlé comme ça. Y compris quand on était gosses. C'était même pire.
Diana haussa les épaules gaiement, et remarqua le grand sourire sur le visage de Lane. Viv dit à Liz :
— Tâche d'être gentille avec ma Diana. C'est une petite chose très fragile en ce moment.
Furieuse, Diana la fusilla du regard.
— Qu'est-ce que tu entends par fragile ? s'enquit Liz en regardant alternativement Diana et Vivian

avec des yeux sombres aussi amusés qu'intéressés. Elle est enceinte ?

Diana éclata de rire malgré elle et Vivian expliqua, en lui jetant un coup d'œil apaisant :

— Elle a juste besoin de repos et de détente, loin des soucis. Elle s'adressa ensuite au groupe : Est-ce que je vous reverrai dans les casinos ?

— Compte sur nous, répondit Chris.

Une fois dehors, Diana s'emporta :

— Comment as-tu osé ? Je connais à peine Liz, et les autres, ce sont de parfaites étrangères. J'aurais mieux fait de ne pas venir, je savais que c'était une toquade d'écervelée, une…

— J'ai juste dit que…

— Juste ? Tu as eu Liz au téléphone, et c'est toi qui as tout organisé. On peut savoir ce que tu lui as "juste" dit ?

— Vraiment pas grand-chose… Vivian monta dans la voiture : Ne sois pas fâchée contre ta Vivian qui t'aime. Fais-toi un peu plaisir, Diana. Tu ne trouves pas ce chalet merveilleux ? Bon sang, si John n'avait pas été là, j'aurais pu profiter de cette grande cheminée et de cette extraordinaire vue avec toi. Quant à Liz, c'est un amour, il n'y en a pas deux comme elle.

— Elles sont là pour skier, commença Diana sur un ton maussade. Elle claqua sa portière : Elles vont me harceler pour que je réessaye. Les gens qui font du ski sont toujours comme ça. Je les déteste.

Vivian s'approcha d'elle et lui prit la main :

— Écoute, si tu ne les aimes vraiment pas, si tu ne veux vraiment pas…

Diana serra sa main, puis la relâcha :

— Je n'ai pas dit ça. C'est juste que…

— Elles me paraissent très gentilles. Cette Lane, quel canon. Enfin, quand on aime le genre mince et sublime, ajouta-t-elle avec humour, arrachant un rire à Diana.

— Elle est avocate.

— Seigneur, c'est encore plus dégoûtant !

— Oui, Madge et Millie ont l'air sympathiques, mais Chris… Je supporte de moins en moins les gens intolérants.

Elle démarra.

— Ne fais pas attention. Ce n'est qu'une pauvre vieille fille pitoyable, aussi desséchée à l'intérieur qu'à l'extérieur. Crois-en Vivian, à neuf ans c'était déjà une mémé barbante… Dommage que tu ne fasses pas un dernier essai, pour le ski. Si j'avais ton corps, je passerais mon temps en combinaison. C'est quand même un bien meilleur moyen de rencontrer des hommes que le golf.

— Je ne joue plus au golf, répondit Diana avec lassitude. Elle se hâta de changer de sujet : Il fait drôlement noir ici !

— Tu n'as pas joué au golf depuis six semaines, nuance. Il faudra bien qu'un jour, tu finisses par sortir de ton couvent, mon petit chou. Ne serait-ce que pour satisfaire les nécessités du corps. Combien de temps penses-tu pouvoir tenir sans vie sexuelle ?

— L'éternité, rétorqua Diana, l'air mécontent.

— Pas toi. Tu n'es pas ce genre de femmes. Tu as besoin d'être aimée.

— Faux. Après Tommy, je n'ai plus eu de vie sexuelle, ni désiré en avoir une pendant des mois, et même plus d'un an. Toute la période où j'ai habité avec Barbara, en fait. Ceux avec qui je suis sortie ont dû se contenter du simple plaisir de ma compagnie.

Elle jeta un coup d'œil dans l'obscurité, ses phares découvrant des murs blancs cisaillés en strates par les chasse-neige, et la silhouette symétrique des sapins. Vivian reprit :

— Ne pas vouloir de vie sexuelle, ça n'avait rien de bizarre, vu ce que tu venais de traverser avec l'autre alcoolo. J'étais pareille après mon abruti de Joe. Mais c'est quand même beaucoup plus facile de faire sans quand on a vingt ans. En vieillissant, les femmes en ont de plus en plus besoin. Je peux t'assurer que quarante-deux ans, ce n'est pas un si mauvais âge que ça. Évidemment, je ne dirais pas non si on me proposait de revenir à trente-trois ans.

— Trente-quatre.

— D'accord, trente-quatre. Tu es très séduisante. Pour tout te dire, je n'aime pas beaucoup que tu serres John de trop près. Encore que, heureusement, il raconte qu'il préfère les femmes un peu rembourrées. Maintenant que c'est fini avec Jack, en tout cas je l'espère, je peux t'avouer que je me suis toujours demandé ce que tu pouvais bien lui trouver, à cette chiffe molle. Beau gosse, oui, mais point barre. Pas étonnant qu'à part se jeter sous tes roues, il ait tout tenté pour te récupérer. Jamais il ne retrouvera une fille comme toi.

— Je ne veux plus en parler, dit Diana sur un ton égal, conduisant avec précaution dans les virages, attentive aux plaques de verglas.

— Tu ne veux plus en parler ? Mais tu n'en as

jamais parlé ! Ça sert à quoi, les amies, à ton avis ? Le deuil est fini. Six semaines, c'est plus que ce qu'il mérite. Tu as déjà passé les neuf heures de route pour venir ici à faire la gueule. J'ai bien failli arrêter la voiture pour charitablement te donner le coup de grâce... Diana éclata de rire. Vivian s'écria : Ah, je te préfère comme ça ! Au fait, tu prends toujours la pilule ?

— Oui, Viv. Oui, Maman.

— Au bureau, Jason est fou de toi. Qu'est-ce qui ne te plaît pas chez lui, au juste ?

— Il m'ennuie.

— Alors pourquoi tu prends la pilule, petite nonne ? Agacée, Diana ne répondit pas. Vivian poursuivit : Enfin, ça n'est pas bête, après tout, peu importent tes raisons. Qui sait, tu pourrais rencontrer quelqu'un, ici.

— Si je rencontre quelqu'un, je n'ai pas l'intention de me jeter dans son lit.

— Bah bah ! Moi, j'étais au lit avec John deux heures après avoir fait sa connaissance.

Diana jeta un œil amusé à son amie :

— John a duré plus longtemps que tous tes autres... enthousiasmes, si je puis m'exprimer ainsi.

— Pourquoi je ne ferais pas ce qui me plaît, à la fin ? Les hommes ne se gênent pas, eux. J'ai engendré un enfant, non ? Donc, j'ai rempli mon devoir biologique. À partir de là, j'estime que mon vagin est réservé à mon plaisir. Rien ne dure, et Vivian est bien payée pour le savoir, après ses deux catastrophes maritales. Attends de connaître les joies du divorce à la mode de San Francisco racontées par

Liz. Vingt ans, bon Dieu ! S'il y avait deux personnes que je croyais voir ensemble jusqu'à la tombe, c'était bien Liz et George. Jusqu'au jour où George a envoyé son pantalon par-dessus les moulins pour une collègue, une blonde incendiaire. Franchement, les hommes peuvent être de beaux salauds.

Diana avait atteint l'intersection de l'autoroute 50. Elle attendit une interruption dans le flot de la circulation de ce samedi soir où tout le monde convergeait vers les casinos.

— Tu as besoin d'une histoire d'amour, Diana, d'une belle histoire d'amour.

Tout en s'engageant sur l'autoroute, Diana répondit :

— J'en ai eu une. Jack était le type le plus drôle que j'aie jamais connu. Je ne savais jamais à quoi m'attendre avec lui. Pour moi, il était à la fois mon homme et mon enfant.

— Ça, je n'en doute pas, s'exclama Vivian non sans un sarcasme à peine déguisé. Moi, je parlais d'une vraie histoire d'amour. Avec du sexe hallucinant, le genre où tu passes ton temps à jouir, jusqu'à ce que tu ne sois plus qu'une part de flan.

Diana éclata de rire :

— Viv, tu es une vilaine fille.

— J'adore être vilaine... Vivian sourit lascivement.

— C'est incroyable comme ça c'est construit par ici, dit Diana en regardant les kilomètres d'enseignes lumineuses qui clignotaient, aveuglantes, le long de la route.

— J'ai toujours pensé que tes sentiments pour

Jack étaient plus protecteurs qu'autre chose. Je n'arrive pas à l'imaginer mettant le feu aux draps.

Diana soupira :

— Tu es obsédée, ce soir.

— J'ai l'habitude de tes ruses pour changer de sujet, figure-toi.

— Tu t'immisces dans mon intimité, c'est tout. J'aimais beaucoup ce qu'on faisait au lit, Jack et moi. Mais je ne suis pas aussi impudique que certaines !

— Comment peux-tu savoir s'il était bon ? Tu n'as quand même pas beaucoup d'expérience pour une fille de ton âge, surtout par les temps qui courent.

— Viv, nous en avons déjà parlé. Je ne crois pas que dans ce domaine, l'expérience soit importante. Sincèrement. Je n'avais pas besoin des trois hommes qui ont précédé Jack pour savoir à quel point c'était agréable avec lui.

La tour sombre du Harrah apparut. Diana l'examina avec curiosité. L'hôtel avait été construit depuis son dernier séjour à Tahoe.

— Trois hommes ? Ton mariage, ça compte pour du beurre. C'est même dingue que tu aies pu perdre ta virginité avec ce poivrot de Tommy. Quant à l'ingénieur de chez McDonnell-Douglas… Réponds au moins à ça, Diana : est-ce que Jack était un bon amant ? Franchement ?

— Oui, pour moi. Franchement.

— Les hommes sont de bons amants quand ils veulent plus que leur propre plaisir, quand ils aiment vraiment les femmes. Ça les rend sensibles.

— Jack était sensible. Il aimait les femmes.

— C'était ça le problème, Diana ? demanda Vivian doucement. Il y avait d'autres femmes ?

Diana dit sèchement :

— Je n'ai pas envie d'en parler.

— Tu es la personne la plus honnête que je connaisse. Trop honnête, d'ailleurs, au point que tu ne t'épargnes jamais rien. Tu es si calme, et en même temps, tu as toujours l'air si fatigué. Je sais que tu as besoin de dépasser tout ça, mais n'épuise pas tes forces alors que tu as des amis qui t'aiment et veulent t'aider.

— Merci, Viv, murmura Diana, les larmes aux yeux.

Elle savait qu'elle ne pouvait que se taire. Car de quelle manière aurait-elle pu expliquer, justifier ses sentiments devant qui que ce soit ? Quelque chose devait aller de travers chez elle. Sinon, comment interpréter la froideur qu'elle découvrait en elle après cinq ans passés à aimer Jack Gordon ?

Il lui était impossible de pardonner. Au bout de six semaines, elle n'arrivait même pas à envisager le pardon. Torturée par son absence, sa présence la mettait de mauvaise humeur. Il avait téléphoné, sonné à l'interphone de son appartement, l'avait accostée dans le parking de son immeuble et à son bureau. Son esprit s'était complètement fermé à lui. Furieuse de la blessure qu'il lui avait infligée, elle avait refusé d'écouter, s'était détournée avec dégoût quand il avait essayé de la toucher. La moindre parcelle de sentiment pour l'homme qu'elle avait le plus aimé de toute sa vie s'était volatilisée.

Il y avait d'autres preuves que quelque chose clochait chez elle : *Tu n'as jamais voulu d'enfant,* s'accusait-elle. Oui, Tommy était alcoolique, mais cela n'avait été qu'une excuse. Elle avait été heureuse que Jack lui dise qu'il ne voulait qu'elle. Vivre avec lui sans se marier lui avait donné un prétexte pour éviter une discussion sur le sujet, ou d'avoir à reconnaître ouvertement qu'elle ne voulait pas être mère, qu'il y avait un noyau froid et insensible en elle.

Une fois les bagages de Vivian confiés au groom, Diana l'embrassa sur la joue :

— À demain.

Vivian la tint à bout de bras :

— Tu ne restes pas ? Tu ne veux pas jouer ? Dire bonsoir à John ?

— John et toi, occupez-vous d'abord de vous dire bonsoir entre vous, la taquina Diana. Je serai là dans la matinée.

— Liz ne doit pas avoir le téléphone là-haut. Elle est persuadée qu'il faut vivre à la dure. À mon humble avis, tout ce que ça apporte, c'est des complications.

— Je te retrouverai, ne t'inquiète pas.

— Pourquoi ne pas rester et jouer un peu ? cajola Vivian avant d'ajouter : Tu ne peux pas rencontrer… Je veux dire, il faut que tu sortes, que tu regardes autour de toi et que…

— Le chalet, c'était une idée à toi, tu te souviens ? Si je dois y passer les quatre prochains jours, je ferais mieux de m'intégrer un peu.

— Tu as raison, mon chou. Mais sors le plus possible. Rien d'intéressant ne peut t'arriver dans un chalet bourré de bonnes femmes.

Est-ce que c'est ce que j'espère ? demanda Lane en entrant dans la cuisine, où Diana était en train d'ouvrir un sac en papier.

— De la vodka... et le meilleur blanc que le caviste avait au frais.

Lane examina les deux bouteilles de vin :

— Parfait. Formidable. Elle farfouilla dans un tiroir à la recherche d'un tire-bouchon : Laquelle veux-tu que j'ouvre ?

— Choisis. Dans la famille, c'était mon père le connaisseur. Tout ce que je sais, c'est lui qui me l'a appris.

— Tu es proche de lui ?

— Oui. Très, répondit-elle en regardant Lane ôter le bouchon avec habileté.

— Si on montait tes bagages ?

— Il me tardait de le faire.

Après un mot d'explication pour les autres femmes, réunies autour du feu et engagées dans une discussion animée, Diana attrapa son sac et suivit Lane qui grimpait lestement l'échelle.

Elles pénétrèrent dans une pièce emplie d'une lueur argentée qui entrait par la fenêtre, diffusée par le ciel et la neige. Dans la pénombre, Diana distingua un lit en cuivre, un toit mansardé, une petite coiffeuse et un placard. Lane souleva le verre d'une lampe à pétrole posée sur la table de chevet, approcha une allumette de la mèche. La flaque de lumière révéla d'autres détails : un couvre-lit en vichy très clair et des oreillers ventrus, une carpette ronde tressée, le bois brut du plafond.

— Éteins la lumière et viens près de la fenêtre.

Diana souffla la flamme et la pièce s'emplit de la même lueur argentée.

— Oh ! s'exclama-t-elle.

Le ciel était constellé d'étoiles, un tapis infini et scintillant. Des arbres nus et blancs de neige s'y découpaient, offrant une vision fantastique. D'énormes congères formaient des sculptures spectaculaires, dessinant d'immenses ombres puissantes. Elle murmura :

— Incroyable.

Et elle entoura Lane d'un bras, en un mouvement involontaire pour retrouver une sorte de proximité physique face à la splendeur glacée. Lane brisa finalement le silence dans lequel elles étaient restées abîmées un moment :

— C'est agréable de ne pas être la seule à découvrir toute cette beauté.

— Tu n'étais jamais venue ?

— Non. Et pourtant Madge me l'a souvent proposé. Je ne connais qu'elle ici.

— Tu crois que tu vas pouvoir résister à la tentation d'étrangler Chris ?

Lane répondit avec un sourire tranquille :

— Je suis confrontée à des Chris tous les jours. Disons que dans le cas présent, une bonne âme susceptible de détourner la conversation des sujets qui fâchent sera la bienvenue.

— Je suis une spécialiste en la matière, plaisanta Diana avec une ironie désabusée. Je crois que nous devrions aller rejoindre les autres, ajouta-t-elle à regret, le regard rivé au paysage. Elle lâcha Lane.

— Laisse-moi d'abord te montrer le reste… Un pan du mur en pin coulissa grâce à un système de poulie, découvrant une petite chambre à deux lits avec une commode : Si on tirait à pile ou face pour décider qui de nous deux va dormir là ? Comme ça, après, on pourra alterner pour profiter chacune son tour de la grande chambre.

— Pourquoi ? Il n'y a qu'une fenêtre minuscule, ici. Le lit en cuivre me paraît très large. Tu ronfles ?

Lane sourit :

— Personne ne s'en est jamais plaint.

— Tu grinces des dents ? Tu donnes des coups de pied ? Tu es somnambule ? Non ? Alors c'est d'accord !

Elles descendirent. Liz les regardait, les mains sur les hanches :

— Tout va bien, là-haut ?

— C'est magique ! s'écria Diana.

Liz esquissa un sourire :

— C'est confortable. Et bien isolé. Si vous remontez l'échelle et fermez la trappe, vous n'aurez aucun problème pour conserver la chaleur de la cheminée pendant toute la nuit. Mais si vous avez quand même froid, vous n'aurez qu'à allumer le chauffage.

— Qu'est-ce qui nous vaut ce traitement de faveur ? demanda Diana.

— Tu parles d'un traitement de faveur ! Il faut monter les bagages et il n'y a pas de petit coin, c'est emmerdant.

— À ta place, j'y dormirais tous les soirs.

— Allez Millie ! coupa Liz brusquement. Au boulot, joue-nous un air.

— Tiens, Diana, je te sers du vin… dit Lane en observant Liz.

Millie gratta un peu sa guitare en tournant les clés pour l'accorder. Puis elle se mit à jouer. Elle chanta *If I Were a Carpenter* d'un filet de voix très pur, avec simplicité. Madge et Chris applaudirent.

— Oh, Millie, c'est très beau, murmura Diana.

— Joli, acquiesça Liz.

—Très, renchérit Lane.

— Vous voulez entendre un morceau en particulier ? Toi, Lane ?

— Ce que tu veux, ce sera parfait.

— Et toi, Diana ? Qu'est-ce que tu écoutes, comme musique ?

— Sinatra, Ella Fitzgerald, des gens comme ça. Et j'adore Peggy Lee.

— Comment se fait-il qu'une fille de ton âge aime tous ces vieux machins ? s'étonna Millie non sans rudesse.

— Ce sont des classiques, fit la voix de Lane, glaciale.

— La faute à mon père, répondit Diana en souriant. Il m'a appris à aimer les vieux machins.

— J'ai un album génial de Peggy Lee que je n'ai jamais vu ailleurs, déclara Lane. Et pourtant, je l'ai cherché partout. Il s'intitule *Pretty Eyes*.

— Tu l'as ? Ça alors, moi aussi ! Je l'ai passé tellement souvent que les sillons sont usés, tout juste si on ne voit pas à travers.

— Le mien aussi, mais j'en ai fait une copie pour

être tranquille. C'est l'un des meilleurs disques de Peggy Lee. Sublime. Romantique.

— Je vais jouer du folk, ronchonna Millie.

Diana sirota son vin en examinant l'assemblée. Liz, les manches de son sweat-shirt bordeaux remontées jusqu'aux coudes, portait un jean. Elle était assise dans le canapé, une jambe sur l'accoudoir, un verre de bourbon marron foncé à la main. À côté d'elle, Madge tirait sur les mèches de ses fins cheveux noirs, sans cesser de secouer sa cigarette au-dessus d'un lourd cendrier en verre posé sur ses genoux. Chris, elle, occupait un fauteuil, les mains jointes. Ses yeux étaient fixés sur Lane, occupée à attiser le feu, puis à choisir une grosse bûche qu'elle posa habilement dans l'âtre, sans se soucier d'abîmer ses vêtements. Elle s'épousseta en regardant les flammes :

— Un peu plus de vin, Diana ?

— Non, merci. Ça va pour l'instant.

— Ce que vous pouvez être chochottes avec l'alcool, vous deux ! s'exclama Liz en avalant un long trait de bourbon. Si on faisait un Scrabble ? On tire les équipes au sort.

— Je vais me contenter de taquiner un peu ma guitare, répondit Millie.

— Moi, j'aimerais jeter un coup d'œil à tes livres, si tu permets, dit Lane.

Liz éclata de rire, un rire dur, aigu :

— La seule chose que George ait voulu récupérer dans ce chalet, tu sais ce que c'est ? La collection que tu vois là-bas, ceux qui ont tous la même reliure. Il les relisait chaque fois qu'on venait ici. Il adorait ces bouquins et il m'a supplié de les lui laisser. Mais je l'ai envoyé se faire foutre.

Elles entamèrent une partie de Scrabble, assises par terre autour de la table basse : Diana et Madge contre Liz et Chris. Diana avait joué souvent, à l'époque où elle habitait avec Barbara, et elle disputa avec Liz un match acharné, prenant plaisir à affronter son esprit de compétition. Le score fut serré jusqu'à la fin. Millie et Lane s'approchèrent pour les regarder, Lane venant s'agenouiller près de Diana. Liz et Chris l'emportèrent avec trois points d'avance. Jubilant, Liz hurla :

— J'avais bien besoin d'une aussi belle partie ! Ça faisait sacrément longtemps. Depuis George, en fait… Elle repoussa le jeu et poursuivit : Il vaudrait mieux aller au dodo. Demain, il va faire beau et pour le ski de printemps, il faut se lever aux aurores… Puis elle s'adressa à Diana et à Lane : Il y a un certain nombre de règles, ici. Par exemple, on utilise la salle de bain par ordre alphabétique. Autrement dit, c'est toi qui commences, Christianson.

Un sourire moqueur aux lèvres, Lane se leva docilement et quitta la pièce. Liz l'observa jusqu'à ce qu'elle ait franchi le seuil vers la partie arrière du chalet :

— Elle est drôlement distante, et quel air de supériorité, fit-elle remarquer à Madge.

— Laisse-lui un peu de temps. Elle a besoin de se détendre.

— Elle est persuadée qu'elle vaut mieux que nous.

— J'ai l'impression qu'elle est plutôt insipide, dit Millie.

Madge secoua la tête :

— Nous ne sommes pas intimes, mais je crois vraiment qu'elle est juste fatiguée.

— Moi, elle me plaît bien, affirma Diana. Furieuse, elle se détourna vers la fenêtre : Je ne suis jamais venue ici en hiver. Il y a beaucoup de neige ?

— Il arrive qu'elle recouvre entièrement la maison, répondit Liz. Tellement qu'il faut déblayer le chemin jusqu'à la porte. Ce sont les forces de la nature, petite... Elle sourit devant l'air impressionné de Diana : C'était ce qui plaisait le plus à George. Bien fait pour lui ! jeta-t-elle méchamment. Maintenant tout ça est à moi, à moi seule, et je ne veux plus l'y voir, même pour une simple visite. George, tu peux faire une croix dessus... Voilà ce que je lui ai balancé. Le chalet, c'est fini pour toi. Ben voyons, comme si j'allais le laisser sauter cette nana ici, après y être venue avec lui pendant vingt ans. Je préfère encore y foutre le feu.

— Vingt ans, souligna Millie. Vous avez eu cet endroit tout le temps que vous avez été mariés.

— On l'a eu avant. Et c'est ici qu'on a passé notre lune de miel.

Vêtue d'un pyjama de soie bleue, Lane aida Diana à retirer l'échelle et à fermer la trappe. Elles restèrent ensuite immobiles, sous la lueur argentée, à observer les lumières tremblotantes d'un avion qui traversait le ciel scintillant :

— Je n'avais plus vu un ciel pareil depuis l'âge de dix ans, quand nous avons quitté l'Oklahoma, dit Lane.

— Mon père m'emmenait faire du camping en

montagne quand j'étais petite. Le soir, on s'asseyait pour regarder les étoiles.

— Enfant, je trouvais que toute cette beauté allait de soi. Aujourd'hui, il faut que je lise de la poésie pour retrouver un tel sentiment.

— Quel genre de poésie aimes-tu ?

— Je suis une incorrigible romantique. Shelley, Keats, Dylan Thomas. Et surtout Emily Dickinson, ma favorite.

— La mienne aussi… Avec un sourire, Diana secoua la tête : Nous avons en commun des choses bizarres.

— Bizarres ?

— Peu habituelles. Surprenantes.

— Moi, je ne suis pas étonnée que tu aimes la poésie.

— J'ai grandi baignée de poésie. Mon père passait son temps à citer Kipling et Robert Burns.

— Ton père a l'air d'être un grand monsieur.

— En effet, approuva Diana avec une fierté discrète. Il est professeur de littérature anglaise à l'université. Et c'est un père absolument formidable.

— Ça fait plaisir à entendre. Il y a des années que je n'ai pas lu Robert Burns, mais en parlant de romantiques, il se pose là ! Mon recueil d'Emily Dickinson est plus ou moins dans le même état que mon disque de Peggy Lee.

— Je ne lis jamais ses poèmes à la suite, mais plutôt ponctuellement. Ils me bouleversent trop. C'est la voix de la douleur, de la perte.

— Oui. Incontestablement.

Avec une voix si faible que Diana dut se pencher

pour l'entendre, Lane récita :

Il est une douleur si immense
Qu'elle engloutit toute substance
Puis recouvre l'Abîme de la Transe
Ainsi la Mémoire peut marcher
Autour – à travers – sur elle…

Contemplant la neige avec tristesse, Diana demeura silencieuse. Elle se demandait quel tourment intérieur pouvait bien avoir poussé Lane à garder ces vers en mémoire.

— Je n'avais pas l'intention de te déprimer, murmura Lane.

— Ce sont des mots puissants et terribles. Surtout au milieu de cette neige et de ce froid. C'est curieux, poursuivit Diana pensivement, parmi tous ses poèmes sur la nature, je ne m'en rappelle aucun qui parle de la froideur, de la neige ou des étoiles.

— Pour elle, c'était une métaphore, expliqua Lane en désignant le paysage par-delà la fenêtre. De la mort, de l'immortalité. La joie et l'humour, on les trouve dans ses poèmes sur l'été.

— Ce sont mes préférés… Diana se demanda s'il ne valait pas mieux changer de sujet, car cela semblait très douloureux pour Lane. Elle se décida : J'ai souvent vu Orion, mais jamais dans un cadre pareil.

— Où est-elle ?

— Là… Tu situes le rectangle avec les trois étoiles dedans ?

Diana se rapprocha de Lane et lui indiqua où regarder. La fragrance subtile et agréable d'un parfum lui parvint.

— Ah, oui. C'est très joli.

— L'étoile qui brille le plus, dans le coin, c'est Rigel.

— Tu es une experte en astronomie ou quoi ? Tu connais d'autres constellations ?

— Quelques-unes.

— Tu me les montres ?

Diana glissa un bras autour de Lane et sentit sa chaleur à travers le frais pyjama de soie. Elle lui indiqua de nouveau vers où regarder.

— Là, il y a Cassiopée, en forme de W. Suis la ligne qui part de la queue de la Grande Ourse vers l'Étoile polaire.

— Oui, ça y est, je la vois !

Diana continua à lui désigner les constellations et les étoiles qu'elle connaissait. Spontanément, elle avoua :

— Je rêve de voir la Croix du Sud. Ce sont quatre étoiles qui forment une croix. Elles ne sont visibles que depuis l'hémisphère sud. J'imagine un océan, le pont d'un bateau, l'obscurité, et quatre joyaux suspendus dans le ciel tropical embrasé… Elle se sentit un peu ridicule. Gênée, elle ajouta : Mais je ne crois pas qu'on aille en Amérique du Sud rien que pour contempler la Croix du Sud.

— Pourquoi pas ? On devrait faire des choses comme ça. Et moi, tu sais ce dont j'ai toujours eu envie ? Courir nue sous la pluie. Je sais que ça paraît très adolescent, mais je suis sûre qu'on doit ressentir une incroyable sensation d'euphorie, de joie.

— Ce doit être merveilleux.

Après quelques secondes, la voix amusée et chaleureuse de Lane dit :

— Nous devrions aller ensemble en Amérique du Sud. Tu me déposerais sur une ravissante île tropicale à la saison des pluies et tu t'en irais admirer la Croix du Sud.

En riant, Diana s'imprégna de la beauté du paysage : si Jack avait été là, il aurait déjà commencé à s'ennuyer depuis un moment et à cette heure, ils seraient en train de faire l'amour.

— Les étoiles te donnent-elles l'impression d'être insignifiante ? demanda-t-elle.

— Elles sont trop loin. Et puis il y a bien assez de choses sur cette terre qui me font me sentir insignifiante… Elle s'écarta de Diana et reprit : Bon, on devrait aller dormir. Je suis contente qu'il ne fasse pas froid en haut, parce que je n'ai pas eu le temps de m'acheter un pyjama chaud.

— Moi j'ai fait exprès de ne pas en acheter. Les pyjamas d'hiver, c'est trop laid. Et puis en Californie du Sud, à quoi ça me servirait ?

Elles s'extasièrent devant l'édredon et les oreillers en plumes moelleux. Avec un soupir voluptueux, Diana en empila trois pour elle toute seule.

— Cette chambre est d'un romantique ! dit Lane. Je comprends que Liz ne veuille plus dormir là. Elle a dû y passer sa nuit de noces. Et bien d'autres nuits, à n'en pas douter.

— Tu as raison. Comment ai-je pu ne pas y penser ! Ce lit n'a pas l'air d'avoir été conçu pour la lecture, n'est-ce pas ? À propos de lecture, qu'est-ce que les livres de Liz avaient de si drôle ?

— Oh, mince, tu as remarqué ? J'ai pourtant fait mon possible pour ne pas m'étrangler de rire. Tu me promets de ne rien raconter ? Les yeux de Lane brillèrent gaiement quand elle regarda Diana : Eh bien, la pseudo collection de classiques, ce sont en réalité des ouvrages pornos.

Elles s'esclaffèrent et Diana hoqueta :

— Elle ne doit pas le savoir.

— Je suis sûre que non. Elle croyait sans doute que c'était le chalet qui éveillait le côté sentimental de son George.

Elles rirent de nouveau.

— Pour te dire la vérité, je trouve ça un peu pathétique.

— C'est sûr. En tout cas, je serais étonnée qu'elle s'en aperçoive un jour. Une collection de classiques, c'est l'endroit idéal pour cacher de la pornographie : personne ne les lit jamais !

La voix de Lane transpirait la joie. Diana s'installa confortablement et remonta l'édredon :

— Comment se fait-il que tu te sois intéressée au droit ?

— J'ai suivi l'exemple de mon père. Son amour du droit était si communicatif que j'ai attrapé le virus.

— Il doit être fier de toi.

— Je crois qu'il l'était. Je l'espère. Il est mort il y a deux ans d'une crise cardiaque.

— Je suis vraiment désolée, dit Diana du fond du cœur, se rappelant la voix calme de Lane récitant le poème d'Emily Dickinson.

— Merci. Je sais que tu le penses, parce que tu es très proche de ton père.

— On dirait que ton travail occupe une bonne part de ta vie.

Diana avait remarqué que Lane portait une fine montre en or et un bracelet, mais pas de bague.

— Je me suis débrouillée pour éviter le mariage, si c'est à ça que tu fais allusion. Et toi ?

— J'ai été mariée, il y a très longtemps… Je me demande comment tu as réussi à y échapper. Sauf si tu n'y crois pas. Moi, je n'y crois pas. Enfin, il me semble.

— Qu'est-ce qui te fait fuir ? L'engagement ?

— C'est encore ce qu'il y a de moins grave. Non, ce que je n'aime pas, c'est l'idée de propriété.

— Je vois. On a failli me demander en mariage une ou deux fois, mais… Il m'arrive de penser que je devrais me teindre les cheveux. La blondeur donne l'image d'une femme idiote et superficielle. On dirait que j'attire toujours les types qu'il ne faut pas. Remarque, pour l'instant, c'est aussi bien, comme ça je peux consacrer tout mon temps à mon métier. La plupart des hommes avec lesquels je travaille croient que toutes les avocates… Oh, je suis désolée, je n'avais pas l'intention de te faire un discours. Tu veux que je continue à te bercer avec mon blabla jusqu'à ce que tu t'endormes ?

Diana se mit à rire :

— Tu es très intéressante.

— Toi aussi. J'aime bien parler avec toi.

Diana était sur le point de lui poser une autre question, mais Lane s'étira, fatiguée, et se lova sous l'édredon.

— Bonne nuit, Diana.

— Bonne nuit, Lane.

Diana attendit que le sommeil vienne, éloignant de ses pensées la femme qui reposait à ses côtés, mais heureuse d'être avec elle en ce moment précis, le pire de la nuit.

Une fois de plus, comme chaque soir, elle mit à l'épreuve la cuirasse impitoyable et glaciale de son rejet de Jack Gordon. Et elle se rappela que toutes les nuits des cinq dernières années, elle s'était endormie avec le corps de cet homme contre le sien. S'ils avaient fait l'amour, elle posait la tête sur son torse et l'entourait de ses bras, somnolente et heureuse parce qu'elle savait qu'il était satisfait ; elle sentait le parfum de son savon, de sa mousse à raser, de son eau de toilette et, très légèrement, de la sueur qui avait brièvement recouvert son corps dans l'orgasme. Aspirant toutes ces odeurs enivrantes, elle trouvait immédiatement le sommeil. Quand ils ne faisaient pas l'amour, elle s'endormait le visage appuyé contre les muscles fins de son bras, l'une de ses mains posée dans le creux de sa poitrine, l'autre dans ses cheveux drus.

Elle s'endormit en se souvenant de la sensation de ses doigts dans le bruissement des boucles de Jack.

Diana dormit profondément, d'un sommeil sans rêves. Quand elle s'éveilla, la lumière était déjà intense. Elle s'assit et regarda autour d'elle, ébahie : la veille au soir, rien ne laissait présager l'extraordinaire bleu de cobalt du lac Tahoe. Entourée de montagnes blanches semées de sapins dont la forme ressemblait à des plumes noires, l'étendue d'eau resplendissait sous le soleil. Excitée, elle chercha Lane, mais s'arrêta en plein mouvement.

Jack avait un air d'abandon qui le rendait beau quand il dormait. Si Diana savait pertinemment que le sommeil mettait à nu la vulnérabilité du dormeur, elle ne s'attendait cependant pas à la transformation qu'elle constata chez Lane Christianson. Éblouie et fascinée, elle admira l'innocence de son visage au repos : sa méfiance et son ironie avaient disparu derrière ses paupières bordées de cils blonds délicatement posés sur ses joues. Le pli amer de sa bouche s'était évanoui, révélant la sensualité de ses lèvres. Elle avait un air très jeune et terriblement triste, une fillette aux cheveux dorés qui, écrasée par le chagrin de s'être fait gronder, se serait endormie.

— Lane... appela doucement Diana, sans la toucher. Lane murmura quelques mots de protestation et se retourna, cachant son visage sous ses cheveux et son oreiller. Diana sourit et répéta tout bas : Lane… La jeune femme remua : Allez, regarde un peu la belle journée qui se prépare.

Lane se réveilla de mauvaise grâce et se redressa, fixant sur Diana des yeux endormis. Un signe de sa compagne de chambre lui fit tourner le regard vers la fenêtre, qui l'absorba.

— Mais d'où sort un tel joyau ?

— Quelqu'un nous l'a déposé là pendant la nuit ! *La Beauté m'oppresse à mourir*.

— Wordsworth ?

— Notre poétesse préférée.

— Notre chère petite Emily a écrit ça ?

Lane sourit. Les yeux ensommeillés, intensément bleus sur le ciel en arrière-plan, elle se passa la main dans les cheveux pour dégager son visage.

— Oui. Notre Emily.

Lane s'étira paresseusement :

— Je crois que je sens l'odeur du bacon à travers les lattes du parquet. Enfin, j'espère.

— Les gens qui travaillent beaucoup ont souvent de très mauvaises habitudes alimentaires. C'est comme ça que tu parviens à rester aussi mince ?

— Je mange comme quatre. Il faut croire que je suis métissée de colibri, dit-elle en regardant son corps, les sourcils froncés. Un vrai sac d'os. Toi, en revanche, tu as tout des beautés sensuelles du Texas.

Ravie, Diana affirma :

— Il paraît que les compliments qui viennent d'autres femmes comptent double, parce qu'ils sont sincères.

— C'est vrai.

Le sourire de Diana s'élargit :

— Eh bien puisque nous en sommes au quart d'heure de sincérité, je croyais que l'Oklahoma n'avait à offrir que des puits de pétrole ; j'ignorais qu'il y eût également des créatures de rêve.

— Merci… Lane baissa les yeux.

Surprise de sa réaction, Diana ajouta :

— On a dû te le dire des milliers de fois.

Lane évita son regard :

— Je me demande si le sergent Liz a prévu qu'on fonctionne encore par ordre alphabétique, ce matin… Elle imita leur hôtesse : "Autrement dit, c'est toi qui commences, Christianson !"

Diana éclata de rire, tout en s'interrogeant sur la gêne soudaine de Lane. Peut-être les remarques trop personnelles l'embarrassaient-elles, tout simplement. Et pourtant, elle avait l'air pleine d'assurance et de sang-froid.

— Tu vas skier ? demanda Diana.

— Bien sûr. Pas toi ?

Cette fois, Lane la regarda, bras croisés.

— Non. Ça te dirait de m'accompagner au casino ?

— Tu ne skies pas ? Même à l'occasion ?

— J'ai essayé. Jack… un ami m'a emmenée à Big Bear Mountain. J'ai passé mon temps par terre. J'ai renversé un monsieur tout à fait charmant qui s'est ébroué et m'a dit que comme c'était la première fois qu'il réussissait à tenir debout plus de trente secondes, Dieu avait sans doute voulu lui transmettre un message en m'envoyant lui tomber dessus : abandonner définitivement les pistes. Mon expérience s'est arrêtée là. J'ai dévalé la pente tout droit en me cassant la figure encore et encore, puis j'ai rangé mes skis à tout jamais.

Lane rit :

— Dois-je en conclure que tu n'es pas faite pour le sport ?

— Je sais envoyer une balle de tennis de l'autre côté du filet. J'aime marcher. Et au golf, j'étais assez bonne.

— Étais ? Sur le green aussi tu as fait des catastrophes ?

Diana répondit, songeuse :

— En réalité, pour moi, il s'agissait surtout d'une promenade agréable dans un joli cadre. C'était ça qui me plaisait le plus. Alors, tu viens avec moi ? Tu as envie de gagner de l'argent ?

Lane hésita :

— J'adorerais, mais il vaut mieux que j'aille skier.

— C'est beaucoup plus sain.

Diana était déçue. Elle aurait mis sa main au feu que Lane avait envie de se joindre à elle.

— Je suis ici en tant qu'invitée de Madge…

— Oui, concéda Diana, qui ne trouvait pas l'argument très convaincant.

— Et un brin d'exercice m'aidera sans doute à me détendre. J'en ai besoin.

— Oui. Ça se voit.

— Toi aussi.

— Ah bon ?

— Je peux me tromper. Bien sûr, je ne te connais pas beaucoup, mais j'ai l'impression que tu es tendue.

Diana sourit et sortit du lit. Elles enfilèrent des robes de chambre et descendirent.

Les autres prenaient un café autour du feu.

— Vous avez bien dormi ? demanda Liz.

— Très bien. Dès que nous avons pu nous arracher à la fenêtre, répondit Diana en se délectant de l'odeur appétissante du café et du bacon.

— Quand on a vu une étoile, on les a toutes vues, fit Liz avec un haussement d'épaules. Au moins on est tranquille, là-haut. Un jour, il a fallu qu'on cogne avec un manche à balai contre le plafond pour réveiller des amis de mon fils aîné, Jerry, qui étaient venus pour le week-end.

— J'ai le sommeil léger. C'était un peu étouffé, mais je vous ai entendues parler ce matin.

— Moi, je dors comme un loir, intervint Lane. Où est Chris ?

— À la salle de bain. Le matin, on suit l'ordre alphabétique à l'envers, pour que ce soit équitable. À toi, Holland, ordonna Liz dès que Chris réapparut. Autrement dit, tu es la dernière, Christianson. Bon sang, Diana, mais qu'est-ce qui te fait tellement marrer ?

— Rien…

Diana se sauva vers la salle de bain.

Elle revêtit un pull bordeaux et un pantalon gris pâle.

Lane descendit l'échelle en tenue de ski bleu roi. Les deux femmes échangèrent un regard. Diana se rendit compte qu'elles avaient rapidement développé de la connivence, qu'il existait entre elles une véritable affinité.

— Le petit déjeuner est prêt, annonça Liz.

— Où veux-tu que nous nous asseyions ? demanda Lane en adressant à Diana un regard de complicité moqueuse tandis qu'elles entraient dans la salle à manger.

— Les compagnes de chambre ensemble, comme ça, pas besoin de réfléchir. Vous m'avez l'air de bien bonne humeur ce matin toutes les deux, ajouta-t-elle en voyant Diana et Lane éclater de rire.

Diana se resservit des œufs brouillés :

— L'air de la montagne, ça creuse.

— Je déteste les gens qui peuvent manger de tout, dit Liz. Tu me rappelles Jerry. Tiens, Lane, finis le bacon.

Après le petit déjeuner, elle annonça :

— Pour la vaisselle, c'est par ordre alphabétique. La cuisinière, elle, est dispensée. Christianson et Dodd, à la plonge !

Diana alla s'asseoir près de la cheminée. Elle buvait son café et, de temps en temps, glissait un commentaire pour participer à la conversation de Madge et Chris, tandis que Liz allait et venait dans le chalet pour mettre un peu d'ordre et faire la poussière.

Elle suivait les gestes de Lane, dans la cuisine : les rayures blanches de son pull rehaussaient sa minceur et sa vigueur. Son fuseau moulant soulignait la courbe svelte de ses hanches, les longues lignes de ses cuisses et de ses mollets. Elle essuyait les assiettes et les rangeait, avec un mouvement qui étirait son corps, souple et gracile, pour atteindre les étagères. Diana l'observa en prenant plaisir à admirer sa beauté.

Le groupe se mit bientôt en route dans un tourbillon de femmes et d'équipement de ski. En refermant la porte, Liz se tourna vers Diana :

— Dîner à 19 h. Ça te va ?

— Très bien. Il me tarde.

— Madge m'a dit qu'elle a prévu quelque chose d'original pour ce soir. Il paraît qu'on va trouver ça intéressant.

Conduisant lentement sur l'autoroute en direction des casinos de Stateline, Diana se rappelait sa première visite dans cet endroit, les trois jours d'été formidables et grisants avec Barbara. Elles avaient partagé la majesté de la Sierra Nevada et la splendeur du lac Tahoe autant que l'excitation du jeu.

Elle regarda autour d'elle avec curiosité. Quatre ans s'étaient écoulés depuis la dernière fois qu'elle était venue. C'était à la fin du printemps, avec Jack. Ils avaient loué un appartement avec vue sur le lac, pour profiter de l'air frais et pur, des restes de neige sur les pentes semées d'arbres, de l'harmonie des eaux bleues, juste sous leur fenêtre. Elle s'était aperçue que Jack s'était ennuyé seulement lorsqu'il avait soulevé des objections à l'envie qu'elle avait manifestée de revenir :

— Las Vegas, c'est plus près de Los Angeles, et puis c'est plus amusant.

Elle atteignit le court tronçon de l'autoroute longeant la rive du lac. Elle regarda à travers les arbres et ralentit un peu pour profiter pleinement du paysage qui s'étendait depuis le bleu vif de l'eau jusqu'aux sommets. Elle dut accélérer en s'excusant d'un geste de la main quand derrière elle, une voiture lui adressa un furieux coup de klaxon.

En entrant au Harrah, elle sourit du plaisir de se retrouver soudain enveloppée par les sons familiers du casino : le brouhaha, le tintement des machines à sou, l'incessant vacarme du jeu... Elle chercha Vivian. À cette heure matinale, il n'y avait pas trop de monde dans l'établissement : certaines parties étaient désertes, et les tables de Black-jack encore recouvertes de leurs housses en cuir. Seules trois zones étaient ouvertes, avec de rares tables entourées de joueurs. Diana se promena au milieu d'un îlot réservé au Black-jack, étudiant les croupiers : les hommes, très élégants en chemise blanche et cravate noire ; les femmes vêtues de chemisiers blancs. Ils portaient des plaques à leur prénom et des tabliers marqués d'un HARRAH'S en lettres dorées. Ils affichaient un air de désintérêt total pour tout ce qui se passait autour d'eux. Certains distribuaient les cartes avec une froide indifférence, d'autres faisaient la conversation aux clients assis devant eux, et aux tables désertes, quelques-uns se tenaient les bras croisés, le regard perdu dans le flot incessant de la foule. Dans la zone du Craps, en revanche, ils étaient continuellement en mouvement : ils se penchaient pour ramasser les mises et répartir les gains, entassant des jetons entre chaque lancer de dés. Deux d'entre eux discutaient à une table vide, l'un s'amusant mollement à empiler des jetons noirs de cent dollars, qu'il faisait ensuite écrouler avant de recommencer.

Diana s'arrêta devant la roulette. Sur le tapis, six joueurs avaient placé une quantité généreuse d'éclatants jetons multicolores. Quand la bille s'immobilisait, le croupier ramassait des montagnes de jetons et, avec une incroyable rapidité, en faisait des piles de taille et de couleur identiques. Diana se plaisait à ce spectacle, mais sans éprouver l'envie de participer. Les chiffres ne lui réussissaient pas trop et sa connaissance de la roulette était très sommaire. L'un des hommes n'arrêtait pas de gagner et accumulait d'énormes masses de jetons violets à chaque arrêt de la bille. Il était grand et beau, avec les cheveux roux. Il lui rappela Jack. La douleur revint et Diana ferma les yeux, pleine d'une amertume lasse. Elle aperçut bientôt Vivian.

Celle-ci s'approcha et l'embrassa. Diana lui dit affectueusement :

— Je parie que tu as déjà joué comme une perdue.

— La nuit a été longue, murmura Vivian, les yeux gonflés et le visage pâle.

— Tu as petit-déjeuné ?

— Oui, dans la chambre, avant que John ne file à son séminaire. Je suis contente que tu sois venue, ma belle. Comment ça va, au chalet ? Si tu t'ennuies trop, ne t'inquiète pas, Vivian te sortira de là. Tu sais, Liz et moi, nous avons une relation tout ce qu'il y a de plus franche.

— Je ne les vois que le soir. En plus, il ne peut pas exister d'hôtel plus magnifique. Le paysage…

— Je savais que ça te plairait. Il y a des années, j'y ai passé quinze jours avec George, Liz et leurs enfants. J'ai perdu cent dollars que je n'avais pas, mais je dois avouer que nulle part je ne m'étais sentie aussi bien. C'est ce qui m'a fait penser que ce séjour pourrait te réussir.

— Tu avais raison. Allez championne, on va s'essayer au Black-jack ?

— Rien qu'un moment alors, histoire de te tenir

compagnie. Tu sais mon chou, Vivian n'est pas aussi douée que toi à ce jeu.

— C'est parce que Vivian se laisse guider par ses "bons pressentiments". Tu n'arriveras jamais à gagner comme ça.

— Vivian n'a pas de chance, voilà tout.

Elles s'assirent à une table. Diana changea un billet de vingt dollars. Elle frotta le feutre vert. Envahie par une sensation de bien-être et d'enthousiasme, elle empila ses jetons. Pour la première fois depuis des années, elle faisait la tournée des casinos sans Jack. Elle était là, toute seule, juste parce qu'elle en avait envie.

— J'ai un bon pressentiment ! lança-t-elle non sans ironie à Vivian en misant dix dollars. On lui distribua deux cartes, l'as et le valet de pique. Elle s'écria : J'y crois pas !

— Vive les pressentiments, sourit Vivian avec un air de triomphe. Tu aurais mieux fait de tout miser.

Diana rentra au chalet un peu avant 19 h. Les autres avaient troqué leurs vêtements de ski pour ce qui semblait être la tenue standard des lieux : Madge et Millie étaient en survêtement, Chris et Liz en jeans avec d'épais pulls en laine.

— Où est Lane ? s'enquit-elle auprès de Madge.

— Sous la douche. Faut croire que c'est salissant, toute cette neige.

— Je vois que tu n'as pas encore perdu ta voiture au jeu, se moqua Liz qui vérifiait de la pointe d'un couteau la cuisson des steaks posés sur un gril.

Diana s'approcha de la cuisine :

— Non. En fait, j'ai gagné près de cinquante dollars.

— À quoi joues-tu ? demanda Chris qui, elle, préparait une salade.

— Diana, ne pousse pas Chris sur la mauvaise pente, tu seras gentille. Elle y a déjà laissé sa chemise, grogna Liz.

— Black-jack, répondit Diana. Mais en l'occurrence, j'avoue avoir presque tout gagné avec une simple pièce de vingt-cinq cents dans une machine à sous. J'attendais que Vivian en ait assez et qu'on puisse enfin aller déjeuner.

— Quand je pense que je sue sang et eau dans mon boulot alors que toi, il te suffit de jouer vingt-cinq cents…

— Exactement ce que Viv a hurlé.

— Et elle, comment elle s'en sort ? demanda Liz, ses yeux foncés pétillant.

— Elle perd, j'en ai peur.

— Ouais, elle se sera bien fait baiser quand elle repartira d'ici… Et à tous points de vue, d'ailleurs.

— Liz… gronda Chris avec désapprobation.

— Bonsoir !

Lane venait vers la cuisine en boutonnant les manches d'une chemise en velours côtelé jaune pâle, glissée dans un jean chocolat. Sa peau, plus colorée que la veille, resplendissait ; les pointes de ses cheveux, encore humides de la douche, étaient d'un blond légèrement plus foncé.

— Comment ça s'est passé ?

— Bien, répondit Diana, heureuse de la revoir. Et toi ?

Un verre de vin à la main, elles se dirigèrent vers le feu tout en discutant.

— Je ne m'en suis pas trop mal sortie, dit Lane. Je suis contente.

— Elle s'est débrouillée comme un chef, confirma Millie.

— Ce qui signifie que j'ai fini par réussir à tenir debout ! Elle sourit avant d'ajouter : Il y avait longtemps que je n'en avais pas fait. Je me suis laissé guider par l'instinct. Demain, je me servirai de ma tête… Et c'est là que je vais passer ma journée par terre !

Diana apprécia le dîner, écouta placidement la

conversation sur le ski, l'état des pistes de ski, les stations de ski, les vêtements de ski, le matériel de ski… Ensuite, Chris et elle se chargèrent de la vaisselle. Liz et Madge s'assirent autour du feu pour boire un café et disputer une partie de Yahtzee. Blottie dans un fauteuil, Lane lisait un livre de poche.

— Allez, on va jouer à des jeux pour apprendre à mieux se connaître, dit Madge.

— Eh, mais ça se fait plus depuis les années soixante, ça ! s'exclama Millie.

— Pas du tout. Cela a pu être une mode pour certaines personnes, à l'époque, mais aujourd'hui, c'est un outil très utilisé en psychologie, dans les thérapies de groupe, ou pour ceux qui recherchent des méthodes de développement personnel… toutes sortes de gens… Même les joueurs compulsifs, ajouta-t-elle avec un sourire sarcastique à l'intention de Diana.

— On est venues ici pour se changer les idées, pas pour déballer ce qu'on a sur le cœur, objecta Liz.

— On n'ira pas jusque-là. C'est sympa, et on apprend à être plus ouverts, à comprendre comment les autres nous perçoivent. Le groupe que nous formons est idéal : un mélange de femmes qui se connaissent et d'autres non. Du coup, on pourra voir si ça marche.

— Hum, ça m'a l'air plutôt intéressant, dit Millie d'une voix molle.

— Qu'est-ce qu'on va faire exactement ? demanda Chris, inquiète, les yeux écarquillés.

— Des petits jeux. Mais d'abord, il faut former un

cercle. Je vous expliquerai au fur et à mesure. Liz, on se place comment, à ton avis ?

Diana et Lane échangèrent un regard, amusées par l'évidente habileté déployée par Madge pour manipuler leur hôtesse. Cette dernière fronça quand même les sourcils :

— On a vraiment envie de faire ça ? Qui est pour ?

— Ça m'intéresse, répéta Millie. Moi, je suis partante.

— Je veux bien essayer, céda Chris à contrecœur.

— Moi aussi, dit Diana.

— Moi aussi, conclut Lane.

— On va commencer par boire quelque chose, proposa Liz. Histoire de se détendre.

Diana versa du vin dans le verre de Lane et dans le sien. Quand les autres revinrent avec leurs boissons, Madge donna ses instructions :

— Installons-nous autour du feu, en formant un cercle intime et agréable.

— Millie, tu viens à côté de moi, ordonna Liz. Lane aussi… ou plutôt Diana. Non, il vaut mieux Lane, mais Diana se met à côté de Lane. Après Madge. Non, Chris. Et enfin Madge.

Les femmes se mirent à rire et à se bousculer, tournant en tous sens pour s'efforcer de suivre ces indications plutôt confuses.

— Asseyez-vous, bon sang de bois ! finit par bramer Liz.

Quand le groupe eut composé un grand rond devant le foyer, Madge commença :

— Liz sera à la tête du cercle, comme ça nous formerons convenablement les couples. En premier lieu, vous allez serrer la main de la personne qui est à votre droite et de celle qui est à votre gauche.

— Ben mon vieux, se serrer la main pour apprendre à se connaître, bonjour ! s'énerva Liz. Merde, c'est débile ! Ça n'a rien à voir avec toi, ajouta-t-elle en tendant la main à Lane.

Diana serra la main sèche et rugueuse de Chris, puis prit celle, froide et mince, de Lane, qui se referma énergiquement sur la sienne.

— Bonjour, dit Lane avec un sourire. *Je suis Personne* ! *Et toi, qui es-tu ?*

Diana éclata de rire, ravie :

— *Ainsi nous sommes deux ?*

— Qu'est-ce que c'est que ces âneries ?

Le regard sombre et vif de Liz trahissait de la curiosité.

— Quelque chose qu'a dit un jour une recluse appelée Emily, répondit Lane en souriant avec espièglerie à Diana.

Madge intervint :

— Allez, on y va. Prenez les mains de la personne qui se trouve à votre gauche et regardez-la dans les yeux pendant une minute entière, sans parler. Je vous chronomètre et après quelqu'un le fera pour moi.

— Au moins, j'ai quelque chose de joli à regarder, dit Liz en se tournant vers Lane et en lui saisissant les mains. Par contre toi, faudra que tu te contentes d'une vieille grincheuse.

— Volontiers, répondit Lane avec décontraction.

Diana prit les mains de Chris.

— Prêtes ? Une minute. Allez !

Dans les mains de Diana, les doigts s'agitaient.

Des yeux bleu pâle la regardaient fixement, trahissant un manque d'assurance croissant avec les secondes qui passaient. Diana considéra Chris avec de plus en plus de sympathie, pour finir par lui adresser un sourire rassurant, que sa partenaire lui rendit. Il y avait encore de la timidité dans ses yeux, mais elle se dissipait sensiblement. Leurs regards étaient chaleureux et elles se serraient les mains avec force quand Madge dit :

— Stop.

Songeuse, Diana réfléchissait au petit miracle qui venait de se produire entre Chris et elle, tandis qu'elle observait Madge planter son regard dans celui de Millie. Liz les chronométrait. Quant à Lane, les yeux sur le feu, elle avait l'air déconcertée par son expérience avec Liz.

— Stop, annonça Liz.

Puis Diana prit les mains de Lane et les réchauffa dans les siennes. Madge donna le signal.

D'abord Diana ne vit que du gris bleuté, puis un intérêt grandissant… et ensuite de la tendresse. Lane agrandit les yeux, les ferma, et les rouvrit lentement. Diana la regarda en souhaitant ardemment envelopper cette tendresse de chaleur, la garder et la protéger. Elle avait envie de tenir le visage de Lane. N'étant pas certaine d'être capable d'exprimer ce sentiment rien qu'avec les yeux, elle serra les mains pour essayer de transmettre ce qu'elle éprouvait à travers la pression de ses doigts.

— Stop, dit Madge.

À ce moment-là, Diana s'aperçut qu'elles s'étaient penchées l'une vers l'autre. Elle relâcha ses mains, mais Lane les garda dans les siennes encore quelques secondes.

Étreinte par l'émotion que son expérience avec Lane avait soulevée, Diana observa les expressions de Madge et de Chris qui s'adoucissaient à mesure qu'elles se regardaient dans les yeux.

Quand Liz annonça que c'était fini, Chris murmura :

— C'était formidable.

Quelques murmures d'approbation s'élevèrent.

— Ça prouve que les gens ne se regardent pas réellement, expliqua Madge. Maintenant, nous allons nous toucher. Vous vous tournez vers la personne à votre droite, vous fermez les yeux et vous touchez son visage avec les mains ou les doigts, comme vous préférez. Pendant une minute. Vous décidez entre vous qui commence.

Diana se tourna vers Chris et suggéra gentiment :

— Si tu commençais ?

— Allez ! dit Madge.

Et Chris, les paupières crispées, frôla de ses doigts tremblants le visage de Diana. La minute écoulée, Diana caressa à son tour la peau douce et sèche de la figure de Chris. À la fin, les deux femmes se sourirent affectueusement.

Diana se tourna ensuite vers Lane. Poussée par l'émotion, elle dit :

— J'aimerais te toucher la première.

— Allez ! déclara Madge.

Diana ferma les yeux et chercha Lane. Des mains amicales prirent les siennes pour les guider. Diana suivit la forme du visage de sa partenaire : elle passa le bout de ses doigts sur son front et se déplaça au ralenti vers les pommettes, se délectant des sensations tactiles que lui procurait cette sculpture chaude et lisse. Son esprit était assailli par des images des traits endormis de Lane, et de ses yeux pleins d'une tendresse presque désespérée quand ils avaient plongé dans les siens. Diana posa les mains sur ses joues et lui caressa les tempes, jusqu'à ce que Madge annonce que c'était terminé.

Ce fut au tour des fins doigts de Lane de découvrir Diana. Ils s'arrêtèrent sur ses cheveux, puis descendirent très progressivement vers son front, suivirent ses sourcils. Avec beaucoup de délicatesse, ils s'attardèrent sur les paupières, les joues et frôlèrent à peine les lèvres, faisant une pause à la commissure. Diana resta assise, immobile, paralysée, écrasée par la suavité et la beauté tranquille de Lane.

— Stop.

Lane ouvrit les yeux : ils paraissaient gris et perdus dans le vide. Elle battit des paupières rapidement, comme si elle venait de se réveiller. Alors elle regarda Diana. Durant une seconde, leurs regards se joignirent en une rencontre d'une telle intensité que Diana eut l'impression d'une véritable caresse. Elle détourna les yeux, surprise de ce qu'elle venait de ressentir. Et pendant que Millie visitait le visage de Madge, elle se demanda si elle n'avait pas imaginé la magie de cet instant.

— Je comprends mieux pourquoi ces histoires de jeux pour apprendre à se connaître avaient tant de succès, affirma Millie en serrant les mains de Madge.

— Oui, ça peut être intense… Madge lui sourit :

Certaines des personnes dont j'ai fait la connaissance lors de ma première fois ont continué à aller dans d'autres groupes. Et moi aussi, juste pour essayer de retrouver cette sensation. Il y a même des gens qui ont multiplié l'expérience, un peu comme des drogués.

— Toute cette intimité, ça donne soif, dit Liz en se levant avec difficulté. Si je dois poser mes os par terre, il faut au moins que je sois bien lubrifiée.

— Un peu plus de vin ? proposa Lane à Diana.

— Je t'accompagne.

— Ne vous réfugiez pas dans l'alcool, conseilla Madge. Il faut simplement que vous vous détendiez. Si vous buvez trop, votre négativité peut ressurgir et entraver ce que nous essayons de faire.

Liz se servit une généreuse quantité de bourbon avec des glaçons et revint au salon.

Avec une émotion qu'elle fut incapable d'identifier, Diana demanda à voix basse :

— Ça t'a fait quel effet de regarder Liz dans les yeux ?

Lane les resservit et ses lèvres se plissèrent en un sourire froid :

— Un duel de cow-boys, à minuit, au beau milieu de Dodge City.

Diana gloussa :

— Moi, je me serais laissé tuer.

— Pas moi.

Le ton de Lane était neutre et dur. Diana continuait à la regarder quand elles rejoignirent le cercle, près du feu, essayant de comprendre la détermination qu'elle venait de percevoir. Elle l'imagina sans peine dans un tribunal : froide, rigoureuse, efficace.

— Et maintenant, maestro, qu'est-ce qu'on fait ? interrogea Liz en levant son verre.

Madge éteignit une cigarette à demi fumée et en alluma une autre :

— Un jeu fondé sur la confiance. Il faut démontrer que nous sommes capables de faire confiance aux autres et qu'on peut avoir confiance en nous. C'est plus physique : il faut se mettre debout et deux par deux, en fonction des tailles.

Plus petite que Lane de quelques centimètres à peine, Diana resta près d'elle. Liz alla se ranger immédiatement à côté de sa sœur. Quant à Millie, elle prit place près de Madge, qui expliqua :

— Vous tournez le dos à votre partenaire, à plus ou moins un mètre, et vous vous laissez tomber en arrière. Le but, c'est d'avoir la certitude qu'elle vous rattrapera.

Millie prit son verre sur la table basse :

— Bah, ça, Madge, ça va être du gâteau.

— N'en sois pas si sûre, répondit-elle avant de tirer profondément sur la cigarette qu'elle venait d'allumer. Au contraire, c'est très difficile. On a souvent beaucoup de mal à faire confiance aux autres.

— Ça dépend à qui, dit Chris. Moi, par exemple, j'ai confiance en Liz.

— Dans ce cas, si tu commençais ?

— Moi ? Chris posa sur Madge un regard chargé d'un léger reproche. Bon, d'accord.

Elle se plaça devant Liz. Mal à l'aise, elle fit passer le poids de son corps d'une jambe sur l'autre, puis jeta un coup d'œil par-dessus son épaule.

Madge intervint :

— Sans regarder ! Tu dois lui faire confiance.

— Bon, bon, je suis prête.

Néanmoins, elle hésita et traîna les pieds nerveusement.

— Allez, Chris, essaya de la convaincre Liz. Si tu ne me fais pas confiance à moi, à qui pourrais-tu te fier ? Elle tendit les bras.

— Pour beaucoup de gens, ce n'est pas si facile que ça, dit Madge. Vous vous en rendrez compte en essayant.

— Cette fois, ça y est, je suis prête.

Fermant les yeux de toutes ses forces, Chris se pencha en arrière mais s'arrêta encore.

— Je suis là, Chris. Juste derrière toi.

Les traits crispés par la peur, Chris se laissa finalement tomber. Liz la rattrapa avec un joyeux « Ouups ! », tandis que les autres femmes riaient et applaudissaient.

— C'était comment ? demanda Madge en écrasant sa cigarette. Elle en sortit une autre du paquet.

Avec un sourire de soulagement, Chris répondit d'une voix tremblante :

— C'était aussi difficile que quand, petites, nous sautions du grenier à foin.

— À toi, Liz, dit Madge. Fais confiance à Chris.

Liz prit place devant Chris, les deux pieds fermement plantés sur le sol. Le visage et le corps très tendus, elle se laissa aller dans les bras de sa sœur.

— Tu as confiance en moi, n'est-ce pas Liz ? La voix de Chris était douce.

— Je dois avouer que j'étais un peu nerveuse, parce que je pèse quand même plus lourd que toi, répondit-elle avant de passer la main sur le visage de sa sœur. Oui, Chrissie, j'ai confiance en toi.

Elle regarda ensuite Lane avec un air de défi :

— Et toi, l'as des as, si tu essayais ? Il doit t'en falloir davantage pour avoir peur.

— Il ne s'agit absolument pas d'un test de courage, mais de confiance, coupa Madge avec fermeté.

Elle alluma une autre cigarette. Diana crut voir ses doigts trembler. Lane se posta devant elle :

— Prête, derrière ?

— Prête… Elle se prépara à la recevoir.

— Tu es sûre de vouloir me rattraper ? plaisanta Lane, hésitante.

— Peut-être que oui, peut-être que non.

— Tu es sûre de vouloir tenter le coup ? fit Liz pour la provoquer.

Diana vit les épaules de Lane se raidir et ses poings se serrer. Elle se laissa aller en arrière et Diana la reçut dans ses bras sans encombre. Elle lui sourit et garda pendant quelques secondes contre elle ce corps svelte, dans ses mains la chaleur et la douceur de sa chemise en velours. Soudain, elle la lâcha :

— Ça, c'est pour ne pas m'avoir fait confiance !

Lane resta par terre et se joignit au concert de rires. Diana lui tendit les mains pour l'aider à se relever. Lane se mit derrière elle :

— Maintenant c'est à moi de te récupérer. Et là oui, pour le coup, ça va te demander du courage, ajouta-t-elle avec un rire faussement menaçant. Tu crois que tu peux me faire confiance ?

— Oui, répondit Diana avec une absolue certitude. N'oublie pas que ce n'est pas beau de se venger.

Et elle tomba dans les bras de Lane.

— Tu avais tellement confiance en moi que tu m'as presque prise au dépourvu, dit gentiment Lane en la soutenant pour l'aider à se redresser.

Millie s'écroula sans état d'âme dans les bras de Madge qui vint ensuite se placer devant elle. Elle tira de toutes ses forces sur sa cigarette, s'y reprit à plusieurs fois, vacilla d'arrière en avant, les yeux fermés, son corps mince contracté. Les autres femmes essayèrent de la convaincre, se moquèrent d'elle, la provoquèrent, l'encouragèrent.

— Je ne peux pas. Merde, je ne peux pas. Je n'y arrive jamais. J'ai pourtant essayé des milliers de fois.

— Et si c'est moi qui me mets derrière ? proposa Liz. Je suis assez costaud pour rattraper King Kong au vol.

— Ce n'est pas ça, rétorqua Madge dans un soupir. Je ne peux pas, point final. Passons à autre chose… Elle éteignit sa cigarette dans une montagne fumante de mégots et de cendre. Le groupe refit cercle devant le feu. Elle poursuivit : Nous allons choisir l'animal qui nous représente le mieux.

Liz poussa un profond soupir et saisit son verre. Millie sembla troublée. Madge insista :

— Pensez-y. Si vous réfléchissez bien, chacune de nous vous rappellera un animal. Nous allons commencer par moi. Qu'est-ce que je serais, si j'étais un animal ?

Les autres gardèrent le silence, concentrées. Ce fut Lane qui prit la parole :

— Peut-être une girafe. Moi, poursuivit-elle

malgré les rires de Liz, elles me font l'effet d'être curieuses de tout, toujours en train de chercher quelque chose, de regarder autour d'elles pour découvrir de l'inédit.

Madge hocha la tête, l'air triste :

— Dans un autre groupe, une personne a également mentionné la girafe. Ailleurs on a aussi parlé d'un flamant rose.

— Le flamant, oui, c'est très juste, acquiesça pensivement Liz en étudiant Madge.

Celle-ci remua, mal à l'aise :

— À Liz.

— De mon point de vue, Liz serait une ourse, dit Chris. Forte et indépendante. Je sais que si quelqu'un faisait du mal à ses enfants, elle attaquerait, comme une femelle protège ses petits.

Liz avala une gorgée de son bourbon, puis, sur un ton neutre, confirma :

— Je tuerais. Mes enfants, c'est tout ce qui compte, surtout maintenant.

— Une ourse, ça me semble bien, ajouta Lane. Une éléphante aussi. Pour les mêmes raisons : puissance, domination, besoin de contrôler son territoire.

— Je n'inspire rien d'autre que des mastodontes ? se plaignit Liz joyeusement.

Madge s'adressa à Lane :

— Tu as un instinct très sûr pour ces choses-là, semble-t-il. On va se pencher sur Diana.

Embarrassée, Diana regarda par terre tandis que les autres l'examinaient.

— Je dirais une biche, proposa Chris. Elle est douce, fine.

— Oui, mais pas sans défense. Un cerf, plutôt qu'une biche.

— Une chatte, dit Millie d'une voix basse et timide. C'est un animal délicat et gentil.

— Pas mal, mais pas tout à fait exact, estima Liz. À mon avis, c'est plutôt Chris qui se rapproche du chat.

— Une chatte sauvage, cela conviendrait mieux à Diana, renchérit Lane. Les qualités féminines associées à la force.

— Il n'y a pas longtemps, j'ai vu une panthère dans un documentaire, dit Chris. Elles sont magnifiques.

— Panthère, j'aime bien, approuva Lane avec enthousiasme.

— Je suis d'accord avec Liz pour Chris. Ce serait une chatte, continua Madge.

Soulagée que l'attention collective se détourne d'elle, Diana vint faire chorus :

— Moi aussi.

— Une petite chatte tigrée alors, précisa Chris.

Liz sourit à sa sœur :

— Oui, pourquoi pas ? Et Lane, si c'était un animal ?

— Ce serait un aigle, répondit Diana du tac au tac.

— Quel drôle de choix ! s'écria Chris.

— Les aigles sont de très beaux oiseaux, puissants et nobles… Millie étendit les bras.

— Indépendants et libres, dit Diana, agacée par les mouvements théâtraux de Millie.

— Et solitaires, ajouta Madge. Solitaires là-haut, dans leurs rochers, à contempler le monde.

— Vous me faites apparaître sous un jour terriblement romantique.

— Les aigles ont des serres, fit abruptement remarquer Liz. Ils fondent sur la terre pour s'emparer de leur proie.

— Là, pas de doute, je ne suis plus aussi romantique, s'amusa Lane avec un sourire pour Liz.

Les propos de Liz incommodaient Diana :

— Maintenant, à Millie !

— Pour moi, Millie pourrait être un cerf. Non, une biche, dit Madge.

— Elle a l'air un peu vulnérable, indiscutablement, convint Lane.

— Oui, une biche, je suis d'accord. Bon, allez, l'éléphante voudrait bien jouer à autre chose. Quelle est la suite du programme, Madge ?

— Nous allons choisir le mot qui résume et décrit le mieux chacune d'entre nous. On va commencer par... voyons... Lane. Une par une, en débutant par sa droite. Diana, que penses-tu en général de Lane, en un mot ?

Après quelques instants de réflexion, Diana répondit :

— Délicate et sensible.

— Hum... Liz attrapa son verre.

— Un mot seulement, Diana.

— C'est difficile de choisir. Euh... sensible. Ça implique la délicatesse.

— Moi, ce n'est pas du tout l'impression qu'elle me donne... Liz regarda Lane avec des yeux pleins de défi.

— Peut-être, mais c'est ce que je..., se défendit Diana sur un ton glacial.

— Liz, nous écouterons ton avis dans une minute, intervint Madge, conciliante. Chris ?

— Je cherche un mot pour exprimer qu'il est difficile de la connaître et de l'approcher. Distante ? Mystérieuse ? C'est ça, mystérieuse.

— Voilà qui est beaucoup mieux, acquiesça Liz en croisant les bras.

— C'est à moi ! Madge lui adressa un regard de reproche, avant d'observer un instant Lane pensivement : Tu es poussée par quelque chose qui crée chez toi une certaine impulsivité, mais je préfère quand même choisir le mot déterminée.

Lane lui sourit :

— Déterminée, c'est toujours mieux qu'impulsive.

Avec une emphase tranquille, Madge répéta :

— Il n'en reste pas moins que tu es impulsive.

Millie murmura :

— Pour définir Lane, je choisirais distante.

Elle était assise en tailleur, le regard fixé sur sa main en train de triturer son survêtement.

— Moi, je dirais froide, lâcha Liz. Il faut se rendre à l'évidence, Diana. La personne que tu vois est très différente de celle que nous voyons, nous.

Peu désireuse de poursuivre la discussion, Diana ravala une réplique acide. La perspective de devoir parler de Lane avec Liz ou n'importe qui d'autre lui déplaisait souverainement. Elle se contenta de rétorquer avec fermeté :

— Je vois ce que je vois.

— J'ai l'impression d'être un baril de lessive dans un spot de pub, dit Lane sans aucune trace d'émotion dans la voix.

— À toutes fins utiles, tu remarqueras qu'en

dehors de Diana, nous t'avons toutes décrite essentiellement comme quelqu'un de… détaché, conclut Madge.

Lane se laissa aller négligemment en arrière, les jambes tendues et les mains appuyées sur la moquette. Elle sourit aux autres :

— Je vais donc devoir me débrouiller pour que l'opinion dissonante de Diana s'accorde au concert des vôtres.

— Mais qu'elle est froide ! Vraiment glaciale, fit Liz en levant son verre comme pour trinquer.

Madge la fusilla du regard et dit :

— À Diana. Allez, Chris, décris-la en un mot.

— Là, en revanche, c'est facile. Douce. Diana est douce.

En observant Diana, Madge réfléchit :

— Elle est douce, avec une amabilité un peu surannée. Le genre de femmes que les hommes aiment épouser. Belle, bien faite. Une jeune fille très semblable à celle qui a épousé mon cher papa. Pour moi, c'est aimable qui la caractérise le mieux.

Surprise, déconcertée et gênée par le regard approbateur du groupe, Diana émit un rire nerveux.

— Je dirais douce aussi, avança Millie. J'aime bien le mot choisi par Chris.

— Je suis d'accord pour aimable, sauf que de mon point de vue, les gens aimables sont ennuyeux, or ce n'est pas le cas de Diana… Liz la regardait pensivement, les yeux mi-clos : Je ne la connais pas très bien, mais pour ce que j'en ai vu et entendu, je dirais qu'elle est sincère. Oui, je perçois chez elle une profonde sincérité.

Lane était assise, une jambe repliée, la main sur le genou et le regard perdu dans le feu :

— Je souscris à tous ces termes, surtout à celui de sincérité. Le mot que je choisirais est… chaleureuse.

— Diana, on dirait que tu as fait très bonne impression, conclut Madge, les sourcils levés.

— J'ai simplement la chance qu'aucune de vous ne me connaisse vraiment, murmura Diana en rougissant.

Elle ne prêta qu'une oreille distraite à ce qui suivit. Elle avait décidé que pour Chris, son mot était timide, pour Madge curieuse, Millie naturelle et Liz forte. Elle observait Lane, sans cesser de penser à l'écart manifeste entre sa propre opinion sur la jeune femme et celle des autres. Sûre que son idée d'une Lane amicale et complexe était juste, elle ressentait davantage de curiosité que de trouble. Après tout, Lane n'était arrivée au refuge que deux heures avant elle ; les autres n'avaient donc pas eu le temps de se forger un avis beaucoup plus fondé que le sien. Et cependant, l'apparente indifférence de Lane pour ce qu'on pouvait penser d'elle la laissait indécise. S'agissait-il d'une déformation professionnelle ? D'un masque destiné à cacher des aspects de sa personnalité qui risquaient d'être interprétés comme de la faiblesse, un système de défense construit à dessein ? Pourtant, elle s'était dévoilée à Diana dès leur première rencontre, devant le feu. Cela ne pouvait pas être un comportement exceptionnel. Ou peut-être s'était-elle sentie à l'aise en présence d'une femme qui retournerait bientôt à Los Angeles et qu'elle ne reverrait probablement jamais.

— Quelle est la suite du programme ? demanda Liz.

— Des compliments. Nous allons commencer par toi et nous continuerons vers ta gauche. Explique-nous ce que tu aimes chez Millie.

— Sa générosité, répondit Liz immédiatement, avant de boire une longue gorgée d'alcool. Millie peut parfois être casse-pieds, mais elle donnerait sa chemise.

— Et pour un homme, j'irais jusqu'à mon soutien-gorge ! plaisanta Millie avec un sourire pour Liz.

— À toi, l'interrompit Madge, et Millie reprit son sérieux. Il y a quelque chose que tu apprécies chez moi ?

— Bien sûr. Beaucoup de choses. Tu t'intéresses aux idées nouvelles et tu es amusante. Tu as un humour pince-sans-rire qui me plaît.

— Liz a raison, tu es très généreuse, Millie, dit Madge. Pour moi, la qualité principale de Chris, c'est son grand cœur. Elle est naturellement gentille.

— Oh, c'est adorable ! s'exclama Chris avant de se tourner vers Diana et d'enchaîner, d'une voix hésitante : Diana est charmante, voilà ce que j'aime chez elle. Elle est tellement douce et aimable… Si j'avais une fille, j'aimerais qu'elle lui ressemble.

Très émue, Diana la regarda, les larmes aux yeux. Elle n'avait pas plus de quarante-cinq ans, mais on devinait déjà en elle la vieille femme solitaire. Diana lui prit la main et la serra. Elle s'éclaircit la gorge, puis posa son regard sur Lane :

— Ce que j'aime chez Lane, c'est qu'elle accorde de la valeur à sa vie, elle veut lui donner un sens.

— N'ayons pas peur des grands mots, ironisa

Liz. Non mais, qu'est-ce que ça veut dire, ces conneries ?

Elle vida d'un trait le reste de son verre. Lane s'adressa à Diana :

— Merci. Ce qui me plaît chez Liz, c'est sa force et son assurance. Ce sont des qualités rares. La plupart des gens se montrent très mal à l'aise au moment de s'exprimer en tant qu'individus.

Diana pensa : *Même une femme aussi belliqueuse que Liz ne peut que se rendre à un tel compliment.*

— Sauf toi et moi, pas vrai ma poule ? cracha Liz avec mépris.

Lane ne répondit pas. L'hostilité de leur hôtesse laissait Diana perplexe. Liz demanda en se levant péniblement :

— Qui a envie de boire un truc, à part moi ? Je pique du nez. Et l'une de vous pourrait mettre du bois dans le feu ?

Liz et Chris se dirigèrent vers la cuisine, Madge et Millie vers la salle de bain.

— Un peu plus de vin ? offrit Diana tandis que Lane prenait une bûche.

— Non, il m'en reste, je te remercie.

— Qu'est-ce qui lui arrive ? Diana fit un signe de tête en direction de la cuisine.

Lane jeta la bûche dans la cheminée et se servit du tisonnier pour la caler :

— Le bourbon, probablement. Ne t'inquiète pas.

— Quelqu'un veut de l'herbe ?

Madge était en train de fouiller dans son sac. Liz revenait :

— T'en as ? Qu'est-ce que t'attendais pour la sortir ?

— Je n'en ai pas beaucoup. Et il y a toute la semaine à tenir.

Liz s'assit et lança en dévisageant Lane :

— À propos, quelle opinion notre chère avocate a-t-elle concernant l'herbe ?

— Le fait même d'être en possession de marijuana constitue en soi un délit mineur dans l'état de Californie.

— Alors il faut nous envoyer à la chambre à gaz ?

Lane sourit :

— Seulement si tu trucides quelqu'un sous l'emprise de ce que tu as fumé.

Madge alluma un joint qu'elle passa à Chris. À la surprise de Diana, cette dernière aspira une longue bouffée avant de le lui tendre :

— À San Francisco, tous les gens que je connais fument. J'ai fini par essayer et je dois avouer que je préfère ça à l'alcool.

Diana fit passer le joint à Lane, qui l'offrit à Liz. Celle-ci dit gentiment :

— Vous ne fumez pas, les filles ?

— Ça m'abrutit et après j'ai envie de dormir, répondit Diana.

— Quant à moi, j'ai un faible pour le vin.

Liz inhala profondément :

— Notre petite avocate ne veut surtout pas violer la loi, hein ? Je sais pas si vous avez remarqué, mais elle fume pas, elle boit pas, elle dit pas de gros mots. Tant de vertu t'empêche quand même pas de baiser, pas vrai, très chère ?

— Non, effectivement, répliqua Lane calmement.

— Je parie que t'arrêtes pas, tu dois baiser à tire-larigot.

— Liz, ça suffit ! Tu deviens désagréable. Extrêmement désagréable, et sans raison.

Liz sourit à sa sœur :

— S'il y a bien une chose que je veux éviter, c'est d'être désagréable avec cette brave Lane. Diminutif de Mar-*lane*, poursuivit-elle en traînant sur le prénom. Homonyme d'une autre blonde explosive, mais beaucoup plus vieille, celle-là. Alors Madge, ma jolie, qu'est-ce qu'on fait maintenant ?

Le regard prudent de Madge allait de Lane à Liz :

— Eh bien, nous allons répondre aux compliments par un élément négatif. Vous vous adressez à celle qui vient de vous encenser, et vous devez trouver un point que vous aimeriez qu'elle change. Ensuite nous en discuterons ensemble, pour voir si nous sommes d'accord.

— Ça, ça promet d'être très intéressant, s'amusa Liz en croisant les bras.

— Nous allons commencer par… Diana.

— Eh bien… commença Diana avec prudence, tandis que les yeux bleu pâle de Chris, inquiets, cherchaient les siens. J'aimerais que Chris soit plus tolérante… plus compréhensive avec… les expériences que peuvent vivre les gens… même quand ils sont différents d'elle et de ce qu'elle connaît.

— Je suis tout à fait d'accord, dit Madge en tirant une longue bouffée sur le joint avant de le passer à Millie. Et tu l'as très bien exprimé. Chacun vit ce qu'il lui est donné de vivre, nous devrions faire l'effort de le comprendre.

Millie tira à son tour sur le joint et déclara :

— On devrait avoir foi et confiance en l'autre.

— N'importe quoi ! Liz repoussa le joint d'un geste de la main et se saisit de son bourbon : C'est pas pour défendre ma sœur, mais bon sang, quelle bande de cœurs d'artichauts vous faites ! Où s'arrête la compréhension et où débute le jugement ? Par exemple, toi, Millie, tu serais bien inspirée de te fier un peu plus à ton jugement. Tu fais confiance à l'autre mais lui, il se fout de toi. Il se fout de toi tant qu'il peut pour mieux te baiser.

— Liz ! s'écria Chris.

— Il y a des individus qui ne sont pas dignes de confiance, répliqua Millie avec dignité. Qui se contentent d'essayer d'obtenir ce qu'ils désirent en balançant tout le reste aux orties. Mais c'est leur problème, pas le mien.

— T'es d'une intolérance, ironisa Liz d'un air suffisant.

— On peut juger sans condamner, s'impatienta Diana. C'est tout ce que je voulais dire. Nous sommes constamment conduits à juger, d'accord, mais on n'est pas obligé d'être complètement rigide. Il faut veiller à ne pas avoir l'esprit trop fermé afin de pouvoir adapter ses opinions à mesure qu'on apprend et qu'on mûrit.

— Ça, ce n'est pas s'adapter, c'est céder. Céder sur tes propres principes.

— J'en doute, rétorqua Diana sur un ton mordant.

— Les temps ont changé, et il est difficile de s'adapter, affirma Chris avec gravité. Les gens disent des choses… ils font des choses dont nous, quand nous étions jeunes, nous n'osions même pas parler tout bas.

Madge l'interrompit :

— Tu te contentes de suivre ton mauvais scénario. Tu serais incapable de t'en écarter, même si tu le voulais. Ni toi ni Liz, d'ailleurs.

Elle alluma un autre joint.

— N'importe quoi ! Toi et tes scénarios à la con ! Je fais ce que j'ai envie de faire, pas ce qu'un psy à moitié maboule décrète que je suis programmée pour faire. C'est des conneries ! Un ramassis de conneries !

Chris tenta de la calmer d'une voix suppliante :

— Liz, s'il te plaît. Tu sais, Madge… Liz et moi, nous sommes complètement différentes. Nous avons eu la même éducation très stricte. Maman ne cessait de répéter que nous devions exiger le maximum de la vie, et ne pas nous contenter de moins que ce que nous méritions. Elle nous a mis la barre très haut. Mais à partir de là, Liz a suivi un chemin, et moi, un autre.

— Tu peux interpréter différemment les éléments de ton scénario, mais ça n'en reste pas moins un scénario, insista Madge après avoir repoussé ses cheveux de ses doigts tachés de nicotine.

Liz jeta un regard noir à Madge, qui tira de nouveau sur le joint que venait de lui tendre Millie. Aimablement, Diana demanda à Chris :

— Pourquoi ne t'es-tu pas mariée ? Tu n'as pas eu envie de fonder une famille ?

— Si, j'adore les enfants, murmura Chris. Je… je n'ai pas rencontré la bonne personne, c'est tout. J'ai eu de nombreuses occasions mais aucun… n'a été… l'homme idéal.

— Le bon vieux scénario du il-n'est-jamais-assezbien… Madge hocha la tête d'un air entendu : Pas de doute, tu suis ton scénario, tu dis les dialogues de ton scénario.

— Bêtises, grogna Liz.

— En fait, Madge a un peu raison, dit Chris. J'ai peut-être été trop inflexible. Mais maintenant, il est trop tard pour changer les choses.

Jusque-là, Lane était restée assise, silencieuse, à siroter son vin. Elle intervint :

— Absolument pas, Chris. Pas si tu le désires vraiment.

— Facile à dire, pour toi. Quel âge as-tu ? demanda Liz.

— Trente-deux ans.

— Eh bien moi, j'en ai quarante-trois et Chris quarante-cinq. Sans compter qu'on n'a pas ta jolie petite gueule, ni ton corps de déesse. Je te jure que si j'en avais un comme le tien, j'en ferais pas cadeau au premier rigolo venu, et je serais pas une andouille d'avocate.

Doucement, Liz prit le mégot qui s'était consumé entre les doigts de Chris et l'écrasa dans le cendrier. Puis elle s'adressa de nouveau à Lane :

— Bordel, je bosserais en solo ! À cent dollars la nuit, je me ferais trente-six mille cinq cents billets par an. Sans compter les suppléments… Toute l'assistance éclata de rire, Lane comprise. Liz poursuivit en la regardant : Figure-toi que moi aussi, j'adore le cul.

— Tant mieux pour toi… Lane lui rendit son regard.

Liz lui sourit :

— Décidément, la demoiselle est froide.

Vraiment glaciale.

Lane se tourna vers Chris :

— On n'est plus si jeune que ça, à trente-deux ans. Évidemment, Liz et toi, vous avez plus d'expérience que moi. Mais vous pouvez décider de changer de vie aussi longtemps que vous n'êtes pas gâteuses. Beaucoup de gens s'y risquent. Il y a plein d'exemples.

— Moi, j'ai jamais voulu autre chose que baiser avec mon mari, dit Liz.

— À aucun moment Liz n'a eu le moindre doute sur ce qu'elle voulait, commença Chris, le regard perdu dans le feu. Elle a toujours été très sincère, pleine d'assurance et consciente de ses besoins. J'étais plus romantique. Mais je n'ai pas rencontré un seul homme disposé à s'encombrer très longtemps de préliminaires sans vouloir immédiatement passer à la suite… Vous voyez ce que je veux dire. Les hommes ne comprennent rien. Ils ne savent pas ce que veulent les femmes et, par exemple, combien nous aimons les baisers.

— Certaines femmes aiment ça, corrigea Liz. Moi, non. Personnellement, c'est pas le clair de lune qui m'excite.

— Beaucoup de femmes aiment ça, répliqua Lane. C'est mon cas. Mais tu sais, Chris, tous les hommes ne sont pas comme ça. Si certains ne valent pas la peine qu'on s'y arrête, d'autres sont différents.

Liz lui lança un regard furieux, et Diana se sentit le devoir de défendre Chris et Lane. Elle s'empressa d'abonder dans leur sens :

— Moi aussi j'aime ça.

— Je suis tout à fait d'accord, approuva Millie. Embrasser, c'est merveilleux. À travers un baiser, on peut faire comprendre à l'autre tout ce qu'on pense, tout ce qu'on ressent.

À voix basse, Lane récita :

— *Tous deux nous nous parlions de nous*
Bien que sans mot dire…

— Signé une sourde-muette ! se moqua Liz.

Elles se mirent toutes à rire, sauf Millie qui alluma un autre joint avant de dire tristement :

— En réalité, il est impossible de savoir en face de quelle sorte d'imbécile on va se retrouver au lit. Parce que franchement, il y a des hommes qui sont de véritables brutes.

— C'est vrai, acquiesça Lane. Trop vrai.

Millie poursuivit, sur un ton offensé :

— Ils croient que nous nous réduisons à une paire de seins et un vagin.

— Aujourd'hui on ne peut plus se contenter du vagin. Vive le clitoris ! lança Madge.

— Mais qu'est-ce que tu racontes ! s'emporta Liz. Ma chanson préférée, c'est *Great Balls of Fire*. Une bonne queue bien raide, y a que ça de vrai !

— C'est exactement ce que je disais, se plaignit Chris en s'adressant à Diana. De nos jours, les gens parlent de choses incroyables.

— Certains hommes ne savent même pas ce qu'est un clitoris, se plaignit Millie. Ou alors ils ignorent à peu près où ça se trouve.

— Moi, il faudrait carrément que je mette une pancarte sur le mien, renchérit Madge. Une pancarte avec écrit "Ne pas plier, tordre ni mutiler". Arthur appuie dessus comme s'il sonnait à une porte ! Arthur, c'est mon mari, expliqua-t-elle à Diana, qui ne pouvait s'empêcher de rire.

— Et pourquoi tu le lui dis pas, à ce grand con ? fit remarquer Liz avec indifférence. Elle avala une gorgée de bourbon et tira une petite bouffée du joint de Millie.

— Allons, tu le sais très bien. Parler de sexualité à un homme… Autant marcher sur un scorpion ! D'ailleurs, je le lui ai déjà répété des centaines de fois, mais il s'entête. Il prend mes bonds de douleur pour de l'exaltation sexuelle !

Étrangère au rire général, Chris enchaîna :

— Je trouve que tu vis dangereusement, Millie. Avec le bar de célibataires que tu fréquentes… tu prends des risques.

— C'est idiot. Tu sais, nous ne sommes pas toutes à la recherche du prince charmant, répondit Millie en écartant les boucles blondes qui lui tombaient sur le visage. Avant, je pensais que mes parents étaient bizarres parce qu'ils allaient toujours dans le même bar à bières. Maintenant, je comprends. Ils y retrouvaient des amis qu'ils aimaient bien. Les bars pour célibataires ne sont pas aussi affreux qu'on croit. Ça ressemble à… des clubs. On fait des rencontres, et il arrive même qu'on tisse des liens avec certaines personnes. Jusqu'où va l'histoire, ça ne regarde que soi, exactement comme partout ailleurs. Le sexe, ça se trouve n'importe où… murmura-t-elle d'une voix presque inaudible.

— C'est dans ton scénario, affirma Madge. Tes parents fréquentaient ce genre d'endroits et tu crois qu'ils t'ont ordonné de faire pareil.

— Au secours, elle remet ça avec ses putains de

scénarios ! soupira Liz en levant les yeux au ciel. J'ai besoin d'un autre verre… Elle se leva et se dirigea vers la cuisine en marmonnant : Scénarios, scénarios, scénarios !

Chris revint à la charge :

— Ça ne me semble pas très bon de passer d'une aventure à l'autre, Millie. Comment sauras-tu reconnaître le grand amour quand il se présentera ?

Lane intervint :

— On confond souvent le grand amour avec ce qui aurait mieux fait de se borner à une simple aventure.

— Lane a raison, approuva Millie énergiquement. Il n'y a qu'à voir tous ces couples qui divorcent.

— Les gens devraient apprendre à assumer les intermèdes où l'on papillonne, poursuivit Lane en souriant à Millie.

— Mais pourquoi avoir autant d'aventures ? interrogea Chris, peu convaincue.

— Un intermède, ça n'a rien à voir avec le grand amour, insista Lane.

— En même temps, un "intermède", ça reste très superficiel, dit Diana à qui le terme déplaisait.

— C'est exactement ce que ça doit être, répondit Lane. Il ne faut pas y accorder trop d'importance.

— Allez, on va continuer, repartit Madge. C'est ton tour, Chris. Qu'est-ce que tu aimerais que je change chez moi ?

— Eh bien… pas grand-chose. Hum, peut-être… Il est difficile de se faire une idée précise de ce que tu es vraiment. Tu ne manques pas d'opinions, d'idées, et d'enthousiasme pour les questions qui t'intéressent. Malgré ça, je ne suis pas très sûre de savoir qui est la véritable Madge. Est-ce que je suis claire ?

Madge tira une dernière fois sur le bout minuscule qui restait du joint et l'éteignit. Comme personne ne parlait, elle en alluma un autre :

— Vous êtes d'accord avec ce qui vient d'être dit ? Liz, tu as entendu ?

Liz regagna sa place dans le cercle : elle tenait à la main un plein verre de bourbon où flottait un unique glaçon.

— J'ai entendu. Et puisque tu me poses la question, oui, je suis d'accord. Parfois, j'ai envie de te secouer comme un prunier pour qu'apparaisse enfin la vraie Madge, continua-t-elle avant de s'interrompre pour boire. Tu sautes d'une idée loufoque à l'autre, et tu prétends toujours que c'est la bonne. Ensuite, une semaine ou un mois après, tu sors de ton chapeau une nouvelle vérité absolue.

— Chaque fois, je crois l'avoir enfin trouvée, murmura Madge en baissant les yeux. Je me dis que… qu'il existe peut-être… des réponses.

Diana l'observa, prise de pitié.

— Je suis sûre qu'il y a beaucoup de bonnes choses en toi, dit Millie. Mais parfois, tu me fais penser aux femmes insupportablement superficielles du sud de la Californie. Soit dit sans t'offenser, ajouta-t-elle à l'intention de Diana.

— Il faut avouer que nous n'en manquons pas, reconnut Diana, non sans pourtant se dire avec aigreur que Millie, tout originaire du nord de la Californie qu'elle était, ne lui semblait pas la mieux placée pour en parler, elle qui enchaînait les liaisons.

— Je ne peux pas changer mon… Madge s'interrompit devant l'expression qui se peignit sur le visage de Liz : Je ne suis pas certaine de savoir comment… J'ignore comment changer ça.

— Vis ta vie, au lieu de passer ton temps à l'examiner et à l'analyser… Liz demanda brusquement : Tiens, à propos, où donc est Arthur, ce soir ?

Madge cligna des paupières, surprise :

— À la maison, je suppose, ou bien en train de faire une partie de cartes avec ses amis.

— Et comment se fait-il qu'il te laisse passer une semaine seule ici ?

— Tu sais très bien que nous respectons mutuellement notre sphère privée, répondit Madge en écartant une mèche de son visage.

— Bien sûr. Bien sûr, Madge. Tu vas voir ailleurs ?

— Non, évidemment.

— Et Arthur ?

— Je n'ai pas besoin de l'avoir en permanence à côté de moi. Nous sommes d'accord pour nous laisser un espace individuel, ça permet de continuer à éveiller l'intérêt de l'autre. J'ai confiance en lui.

Madge se passa les doigts dans les cheveux.

— Mon œil, coupa Liz. Tu n'arrivais même pas à nous faire suffisamment confiance quand il fallait te rattraper.

— Depuis combien de temps es-tu mariée, Madge ? s'enquit Lane d'une voix tranquille.

— Douze ans, murmura-t-elle.

— Je ne trouve pas que ce genre d'arrangement soit un problème dans un couple qui dure.

— Ah non ? Le ton de Liz était lourd de sarcasme. Dites-moi, mademoiselle Christianson, combien de temps a duré votre plus longue relation avec un homme ?

— Deux ans.

— Ça fait de toi une experte ! ironisa Liz avant de se tourner de nouveau vers Madge : Je ne sais pas qui a eu l'idée géniale que chacun devait avoir sa sphère privée à la con, mais je peux t'assurer que quand on aime quelqu'un, on veut partager avec cette personne les choses importantes, or tout est important. Bon sang, combien d'années vas-tu encore gâcher avec ce ramassis de crétins et de gogos branchés qui t'entourent ? Eux, ce sont des gens qui n'ont rien, voilà leur problème. Une sphère privée… mon cul ! Si j'étais à ta place, je dirais à Arthur que j'ai plus besoin de sphère privée, que j'en ai jusque-là de ma sphère privée !

Madge répondit faiblement :

— Je ne sais pas… comment réagirait Arthur.

— Ah ! Et c'est bien là qu'est le hic, hein Madge ? s'exclama Liz. Elle but une gorgée de bourbon : Tu découvrirais ce qu'il en est, pas vrai ? La réponse à cette question, tu risques pas de la trouver dans l'astrologie ou dans les religions orientales. Ouais, moi, je lui expliquerais que c'est fini ces histoires de sphère privée, qu'il vaut mieux pour lui que je lui suffise parce que sinon, je pourrais bien lui péter les couilles.

— Ça, c'est ta méthode, pas la mienne.

Diana pensa : *Ce ne serait pas ma méthode non plus.*

— Tu dois te battre pour ce que tu aimes, pour ce qui est à toi, martela Liz.

Diana se dit : Je ne me suis jamais battue pour rien.

— Toi… Tu as perdu, prononça Madge en détachant les mots délibérément.

— Mais au moins je me suis battue, bordel !

— Tu aurais pu gagner sans avoir besoin de te battre. George ne serait peut-être pas parti si tu avais simplement fermé les yeux pendant quelque temps.

— Peut-être. Peut-être. Ou peut-être aussi que je me serais fait baiser, comme… Elle se tut. Ses yeux sombres, étincelants, ne quittaient pas Madge. Puis elle reprit, à voix basse et sur un ton cruel : Qu'est-ce que ça fait, Madge, quand il te l'agite sous le nez ? Comment tu peux accepter en toi la bite qu'il fourre à tout ce qui bouge ?

— Quand on aime assez quelqu'un…

Diana pensa : *Moi, je ne pourrai jamais aimer assez.*

— Merde, Madge ! s'écria Liz sur un ton aux accents soudain tristes et las. Si ce que tu lui offres ne lui paraît pas suffisant, qu'il aille se faire foutre. Ça n'en vaut pas la peine.

— J'ai Arthur, peu m'importe à quel prix. Un jour il sera vieux, et avec moi.

Diana se dit : *Mon Dieu.* Un nœud se formait dans son estomac.

— Reprenons, suggéra Madge. C'est mon tour de donner mon avis au sujet de Millie.

— Vous êtes sûres que c'est une bonne idée de continuer ? demanda Lane calmement.

— Pourquoi pas ? répliqua Liz avec agressivité. C'est pas à toi de décider si tout ça est utile ou pas aux autres !

Diana ne parvenait plus à détecter l'odeur champêtre du feu tant le parfum douceâtre de la marijuana avait envahi le chalet.

— Quand nous aurons travaillé les aspects négatifs, nous passerons à ce qui est positif… Madge s'efforçait de les convaincre, malgré le dépit dans sa voix et la pâleur de son visage, qui accusait la fatigue. Elle se tourna vers Millie : Tu devrais faire preuve de moins d'ingénuité avec les gens. Tu es persuadée que tout le monde est honnête et bon, or ce n'est pas le cas. Pour ton propre bien, il faudrait que tu abordes tes relations avec un peu plus de méfiance.

— Ce que veut te dire Madge, fit Liz rudement, c'est de te débarrasser de ta pancarte "Baisez-moi et jetez-moi".

Elle vacilla légèrement et se rattrapa. Diana se rendit compte qu'elle était ivre.

— Vous vous trompez, répondit Millie. Au contraire, je suis méfiante. Avec le mal qu'on m'a fait… Mais quand je rencontre quelqu'un qui a l'air bien, je fais comme toi, Madge, je me dis que cette fois, c'est la bonne. Et, pendant un certain temps, tout est vraiment parfait. Ce n'est que plus tard que tout change. Et je n'arrive jamais à éviter que ça devienne… l'horreur.

— Ça reste jamais comme au début. Ton problème, c'est que tu le comprends pas. Le romantisme disparaît. Ton bonhomme, il arrête de t'envoyer des fleurs et de te porter dans ses bras pour entrer dans la chambre. C'est là que tu dois avoir de la personnalité, être belle en tant que personne, être plus qu'un joli corps qu'il veut se taper. Tu réussiras jamais à garder personne si tu deviens barbante, si tu te transformes en bébé geignard. Les hommes veulent des femmes, pas des bébés.

— Je ne suis pas un bébé, se fâcha Millie avec une moue. Ce n'est pas parce que je n'ai pas ton agressivité que je ne souhaite pas être acceptée pour ce que je suis.

— Ah je te jure ! marmonna Liz. Maintenant je comprends pourquoi les hommes te piétinent. J'ai une envie presque irrésistible de t'en coller une.

— Espèce de vieille sorcière aigrie !

— Bien, très bien ! Liz afficha un grand sourire : J'ai enfin réussi à rendre méchante la petite, la douce, l'innocente Millie. C'était la première fois, Millie ? Je t'ai dépucelée ?

— Horrible garce !

— Continue à t'entraîner. Grâce à moi, la prochaine fois qu'un mec te traitera comme un paillasson, tu lui arracheras les pieds d'un coup de dents.

— Arrête, Liz, bredouilla Chris. Arrête tout de suite.

— Je ne suis pas un paillasson ! protesta Millie avec un regard féroce pour Liz. De toute façon, tu penses ça de toutes les femmes qui essayent de plaire aux hommes.

Liz haussa les épaules avec mépris :

— Prends-le comme tu veux. Après tout, t'aimes peut-être ça, qu'on te baise et qu'on te jette. J'ai vu pire. À qui le tour ?

Madge soupira profondément :

— À toi. Ça ne donne pas les résultats que j'espérais, mais si nous réussissons à terminer… On va écouter ce que tu penses de Lane.

— Quelle intéressante occasion ! s'écria Liz en scrutant pensivement Lane. Les règles m'autorisent-elles à passer mon tour ? Je voudrais avoir le temps d'y réfléchir... Préoccupée et hésitante, Madge regarda Liz, qui ajouta : En plus, j'aimerais entendre ce que mademoiselle Mar-*lane* Christianson réserve à la parfaite Diana.

Diana ne leva pas les yeux. Angoissée, abattue, affectée par tout ce qu'elle avait entendu, elle se contenta de rester assise, attendant que tombe le coup suivant, celui qui cette fois viendrait de Lane. Elle contempla le tapis, se sentant soudain envahie par un grand froid.

— Je n'ai rien de négatif à dire sur Diana.

— Quelle noblesse, se moqua Liz. Allez, vas-y, même si c'est pas très important. Sa façon de se limer les ongles, par exemple. Un détail.

— Il n'y a rien. J'apprécie tout ce que j'ai vu de Diana jusqu'à maintenant. Il n'y a rien que je voudrais voir changer chez elle.

— La douce et parfaite Diana ! Ça doit être génial d'être tellement douce, tellement parfaite. Et belle, par-dessus le marché. Quelle grandeur d'âme de la protéger. Notre bonne Diana est un peu triste à cause de son ami Jack, alors Mar-*lane* ne va pas s'amuser à la malmener.

Incapable de parler, paralysée par la surprise de voir que sa douleur était ainsi mise à nu dans une pièce pleine d'inconnues, Diana regarda Liz, impuissante.

— Ça suffit, intervint Lane sur un ton très froid.

— Vivian m'a raconté, Diana. Ou plutôt, elle m'a raconté le peu qu'elle a réussi à savoir. Nous avons quelque chose en commun, toi et moi : tu as largué ton mec, et tu sais ce qu'on ressent. Tu ne parles pas du mal qu'il t'a fait, mais on en voit facilement les marques. Ton malheur, c'est que tu es trop honnête… La voix de Liz était étouffée et coupante : Sur le chapitre des hommes, il faut que tu te montres un peu moins honnête. Pour survivre, c'est indispensable. Ce sont des salauds. Nous, on veut juste les aimer, mais eux, ce sont des salauds. Est-ce qu'il pouvait rencontrer quelqu'un de mieux que toi ? Peut-être une un peu plus jeune, mais c'est tout. Il a dû faire la connaissance d'une fille qui ressemble à ton amie Lane, une belle blonde.

— Je t'ai dit que ça suffisait, répéta la voix glacée de Lane. Et je ne plaisante pas.

Les deux femmes se toisèrent sans un mot. Diana ne pouvait voir le visage de Lane.

Son regard enflammé planté dans celui de Lane, les narines frémissantes, sa grande bouche tordue par la haine, Liz siffla méchamment :

— Très bien, alors venons-en à ton cas. Madge, je reprends mon tour. Ce qu'il faut que tu changes, c'est cette conviction que tu es supérieure. Quelqu'un qui a une mission, la blonde avocate dévouée qui va sauver le monde, avec des gens comme Diana muets d'admiration à leurs pieds. Mon cul ! Qui a besoin de toi ?

La colère de Diana éclata :

— Tais-toi. Tais-toi !

— Tout va bien, Diana… Lane, l'air serein, tenta de l'apaiser en lui jetant un rapide coup d'œil.

— Lane, elle est complètement saoule !

Diana voulait griffer Liz, la rouer de coups.

— Non, juste un peu défoncée, reprit Liz. Il y a une grande différence entre les deux. Les pisse-vinaigre dans votre genre, qui trempent le bout des lèvres dans du vin, ils pourraient prendre un bain dans la quantité de bourbon que je peux avaler. George m'a appris à boire, entre autres choses. Il aimait ma personnalité. Quand il m'a épousée, il avait trente ans, deux mariages et des centaines de femmes à son actif. Pendant vingt ans, il n'a désiré que moi, rien que moi. Je le jure sur ma vie. Il m'appelait l'orgasme le plus rapide de l'Ouest…

Elle prit son verre. Les autres s'agitaient, gênées. Elle parlait à voix basse :

— Il disait toujours que j'étais un bon petit gars. Un bon petit gars ! Je le lui ai rappelé quand il a voulu partir avec cette fille. Je lui ai dit que je savais pourquoi il fumait ces énormes cigares, pourquoi il voulait toujours me prendre par derrière. Je lui ai piqué son chalet ! Je voulais que George sache ce que ça fait de se faire baiser. Un bon petit gars… Le rire de Liz grinça entre ses dents et fit grimacer Diana : Je le lui ai balancé, à la nana de son bureau, sa belle blonde toute mince. Devant George et tous les autres, je lui ai dit que j'espérais qu'elle allait aimer qu'il la lui mette tous les soirs bien profond dans son joli petit cul.

Diana comprit soudain :

— Lane te rappelle la femme qui est partie avec ton mari, c'est ça ?

Liz observa Lane :

— Dis-moi, ma grande. Honnêtement. C'est vrai que les blondes s'éclatent plus que les autres ? C'est vrai que vous avez plus d'orgasmes et qu'ils sont plus puissants que les nôtres ?

— Liz, bafouilla Chris de la même voix inarticulée. Elle était affalée dans son siège, dodelinant de la tête.

— Oh, la ferme, Chris, fit Liz avec lassitude.

— Je comprends ta douleur, dit Lane.

— Tu la comprends ? demanda Liz, d'une voix éteinte et mauvaise. Vraiment, blondinette, tu la comprends ? Et qu'est-ce que t'en sais, toi ? T'as déjà perdu quelqu'un ?

— Oui.

— Je te crois pas. Toi, tu obtiens tout ce que tu veux. Tu es belle et intelligente, pour ne rien gâcher. Comment tu aurais pu perdre quelqu'un ?

— En ne le forçant pas à émigrer au Canada. J'aurais pu l'y obliger, malgré son insistance. Il pensait que ça allait nous compliquer la vie, alors qu'en faisant juste son temps au Viêt-nam, il serait vite démobilisé et libre. Et tu sais ce qui s'est passé, Liz ?

— Oh non, Lane, non, murmura Diana, horrifiée.

Mais Lane et Liz étaient à présent penchées l'une vers l'autre, se mesurant du regard. Le feu crépitait bruyamment dans le silence de la pièce.

— Mark a marché sur une mine dans une zone où l'on croyait qu'il n'y en avait pas. Ils sont allés récupérer quelques morceaux de son corps, pour que nous puissions lui donner une sépulture…

Liz s'assit en chancelant, les yeux fermés. Diana regarda Lane à travers les larmes qui lui brouillaient les yeux :

— C'était il y a très longtemps. Des années. Beaucoup de femmes ont vécu la même chose. Ton mari à toi, Liz, il est vivant. Il a cinquante ans, c'est tout, et à ce que je sais, beaucoup d'hommes de cet âge ont une aventure sérieuse, une espèce de baroud d'honneur, avant de revenir vers leurs épouses. Moi, à ta place, c'est une chose que je ne perdrais pas de vue. Tu serais beaucoup plus stupide que je crois si tu ne réussissais pas à le récupérer à la première occasion. Or je n'ai absolument pas l'impression que tu sois stupide.

— Ça fait trop mal, bafouilla Liz sans rouvrir les yeux.

— Nous souffrons toutes. Il se trouve juste que certaines d'entre nous ont les moyens de le surmonter… Elle se leva : Allez, maintenant ça suffit, j'en ai assez.

— Ce n'est pas bon de s'en tenir là, dit Madge. Nous n'avons travaillé que les aspects négatifs. Si nous restons et que nous continuons à parler, nous arriverons à tout ce qui est positif. Et quand nous aurons terminé, nous serons comme des sœurs.

— Je te crois sur parole, Madge, mais je vais quand même aller au lit. Diana, j'aimerais bien que tu montes avec moi.

Diana se mit debout.

— Vous savez qu'il est 2 h ? fit Chris de sa voix traînante.

— Et demain, nous avons une journée de ski en perspective ! renchérit Millie. Moi, je veux profiter de la meilleure neige possible.

— Nous ne sommes plus des gamines, Liz, marmonna Chris. Viens… Elle aida Liz à se mettre debout et, à demi endormie, elle demanda aux autres : Ça vous ennuie si exceptionnellement, nous passons à la salle de bain les premières ?

Les deux sœurs titubèrent dans le couloir, appuyées l'une contre l'autre.

Ne bouge pas, je m'occupe de tout, dit Lane. Elle remonta l'échelle et ferma la trappe. Meurtrie et choquée, Diana était déjà allongée sur le lit, le regard perdu dans le vague, par la fenêtre.

— Un éléphant, c'est une bonne description de Liz, fit tranquillement remarquer Lane en suspendant ses vêtements dans l'armoire. Une éléphante blessée. Une force colossale et une grande douleur. Elle court dans tous les sens en trébuchant, perdue, piétinant ce qu'elle trouve sur son passage, s'en prenant à n'importe qui et n'importe quoi, sans savoir que faire. La douleur l'aveugle.

Diana devinait la présence de Lane debout près du lit, les yeux posés sur elle. Au bord des larmes, elle resta tournée vers la fenêtre. Lane éteignit la lampe d'un souffle et se glissa dans le lit. Elle se pencha vers elle pour lui demander avec douceur :

— Ça va ?

— Oui, répondit-elle la gorge nouée.

— Tu es sûre ?

— Oui.

— Je n'en ai pas l'impression.

— Je vais bien. Bonne nuit.

Tout le corps de Diana était tendu, luttant contre l'émotion qui l'assaillait par vagues fiévreuses, dont chaque assaut l'affaiblissait davantage. Elle s'efforça de ne pas pleurer, mais en vain. Lane était couchée à côté d'elle, immobile, on n'entendait même pas sa respiration. Un hoquet finit par échapper à Diana, le visage baigné de larmes brûlantes.

— Je savais que tu réagirais comme ça, dit Lane. À sa grande honte, Diana éclata en sanglots. Lane se rapprocha d'elle : Viens dans mes bras… Elle l'enveloppa.

— Je suis désolée, sanglota Diana sur son épaule.

— Pleure. Ne t'inquiète pas. C'est la meilleure chose à faire.

Elle se cramponna à Lane, submergée par le chagrin. Chacune de ses tentatives pour essayer de se contrôler semblait la conduire à un nouveau paroxysme :

— Je n'ai pas l'habitude de tout ça…

Lane serrait son corps secoué de spasmes.

— Ce n'est rien, Diana, ce n'est rien.

Elle l'enlaça tendrement, le visage dans ses cheveux. Après un long moment, les pleurs diminuèrent et, d'une voix plus ou moins normale, Diana parvint à articuler :

— J'ai complètement trempé ta veste de pyjama.

— Elle va sécher.

Lane prit son visage entre ses mains et effaça ses larmes du bout des doigts. Elle approcha sa joue de celle de Diana, l'essuya de sa peau chaude.

— Ce n'est même pas moi qui devrais pleurer, dit Diana, la voix brisée. Je suis terriblement désolée pour Mark.

— Je t'en prie, ne pleure pas à cause de moi.

Paupières closes, Lane n'avait pas lâché son visage.

— L'idée de ce que tu as dû souffrir m'est insupportable.

— C'était il y a longtemps. Je vais beaucoup mieux.

— Et après, tu as perdu ton père. Parfois, on dirait que tout l'amour du monde ne sert à rien. Il y avait tellement de souffrance dans cette pièce, ce soir… Tu crois que nous y sommes tous confrontés ?

— Un jour ou l'autre.

Diana ferma les yeux. Ils la brûlaient horriblement :

— Je… J'ai assez pleuré. J'ai besoin d'un kleenex.

Quand les mains de Lane la quittèrent, Diana s'assit dans le lit pour atteindre la table de nuit. Elle se tamponna les yeux et se moucha énergiquement, remarquant, à la lumière des étoiles, les taches sombres de ses larmes sur le pyjama de Lane. Elle se sentit de plus en plus ridicule :

— Je suis désolée.

— Il n'y a pas de raison. Je t'en prie.

Diana s'allongea de nouveau :

— Je me comporte comme une petite fille…

Elle se tourna vers Lane en essayant de sourire. Une main froide frôla son visage et coiffa ses cheveux en arrière. Lane expliqua :

— Aucune de nous n'avait conscience de ce que nous faisions. Les femmes sont à peu près incapables de jouer les dures à cuire qui peuvent tout encaisser. Elles ne savent pas s'y prendre. Elles manquent de pratique… Les doigts de Lane passèrent sur son front, glissèrent vers ses pommettes : Tu es trop sensible pour ces petits jeux-là.

Diana la regarda, envahie par la conscience aiguë de sa beauté, que les ombres et lueurs du ciel rehaussaient. Dans la lumière argentée de la chambre, elle avait les yeux gris foncé, des lèvres sensuelles et un visage sculptural, éblouissant et dépouillé. Ses cheveux blonds en désordre couvraient l'oreiller. Elle était en train de caresser la tête de Diana, quand elle s'arrêta soudain. Elle entortilla quelques boucles autour de ses doigts et planta son regard dans le sien. Lorsqu'elle approcha son visage, Diana ferma les yeux.

— Ça va mieux ? chuchota Lane.

— Ça va mieux, répondit Diana sans ouvrir les yeux.

Il lui sembla que leurs lèvres s'étaient touchées, un frôlement aussi léger qu'une plume.

— Je vais te tenir dans mes bras jusqu'à ce que tu t'endormes, d'accord ?

— Oui, acquiesça Diana, heureuse de retrouver la douceur de Lane.

Son corps lui parut incroyablement mince. Diana enfouit son visage dans son cou, quelques mèches sur sa joue. Elle respira le parfum subtil et complexe qui se dégageait de cette chevelure et de cette peau. Elle resta silencieuse, attentive aux seins délicats qui s'écrasaient contre elle à chacune des respirations de Lane. Des lèvres suaves touchèrent à peine son front. Diana la serra plus fort et pressa de nouveau son visage contre elle. Sa bouche se promena sur sa gorge lisse, satinée, jusqu'au creux où elle sentit le battement de son cœur.

Alors, avec toute la simplicité et le naturel du monde, Diana leva la tête pour que sa bouche et la bouche de Lane se rencontrent. Une sonnette d'alarme retentit dans son esprit. Elle se reprit soudain, mais les lèvres de Lane cherchèrent les siennes et elles s'unirent, encore et encore, pour des baisers légers et rapides, des baisers qui peu à peu se firent plus longs, plus caressants. Lane la serra dans ses bras. Enveloppée par sa chaleur, Diana laissa son corps se détendre et, comme dans un rêve, elle s'abandonna : ses lèvres s'ouvrirent et elle découvrit que la bouche de Lane était faite du plus sublime des velours. Elles s'embrassèrent profondément, sans hâte, sans fin.

Allongée contre Lane, Diana plongeait les doigts dans ses cheveux soyeux. Lane lui caressait le dos et elles s'embrassaient passionnément. Un son faible et intermittent fit irruption, insistant, jusqu'à devenir distinct : des voix de femmes, des bruits de pas. De mauvais gré, Diana détacha sa bouche de celle de Lane, puis souleva la couverture qui les protégeait du froid. Elle ouvrit les yeux, surprise par la lumière matinale. Lane la retint.

— Il est l'heure d'enfiler ta tenue de ski, chuchota Diana.

Les paupières fermées pour se protéger du soleil, Lane murmura quelque chose d'inintelligible, saisit la couverture et la remonta sur elles. Ses lèvres surent empêcher Diana de réfléchir.

Plus tard, elles entendirent Liz crier d'en bas :

— Eh, là-haut !

Lane libéra Diana, mais garda son visage dans ses mains pendant quelques secondes, et sa bouche ne la quitta que très lentement. Elle passa un doigt vif sur la joue de Diana :

— On ferait mieux de descendre…

Elle se redressa mais ne bougea pas, tout au spectacle du lac. Diana se frotta les yeux et, non sans une certaine hésitation dans le choix des mots, elle murmura :

— Merci… d'avoir été là… pour… me donner ce dont j'avais besoin.

— Je suis heureuse d'avoir été à tes côtés.

Elle laissa aller sa tête en arrière, secoua ses cheveux et se leva. Elle attrapa sa robe de chambre et ses mules, ouvrit la trappe, mit l'échelle en place et commença à descendre :

— Laisse-moi la salle de bain cinq minutes, lança-t-elle à Diana avec un regard fugace.

Celle-ci se choisit distraitement un pantalon et un pull, puis s'approcha de la fenêtre. Elle se sentait fatiguée mais le corps détendu, presque alangui. Elle se dit que pleurer l'avait soulagée, c'était ce qu'il lui fallait. Elle contempla la blancheur aveuglante de la neige et, au loin, le bleu étincelant de l'eau. Elle avait l'esprit ailleurs, totalement vide.

Quelques instants plus tard, elle accompagna son bonjour d'un hochement de tête à l'adresse des femmes réunies devant le feu pour prendre le café. Elle se dirigea vers la salle de bain, referma la porte et s'y adossa, les yeux clos, inspirant l'odeur persistante du parfum de Lane. Elle brossa ses cheveux ondulés avec des mouvements lents et automatiques, et finit de les arranger avec les doigts, à son habitude. Elle scruta le miroir et s'étudia comme une étrangère, bizarre mais fascinante. Elle se passa le visage à l'eau froide.

Lorsqu'elle ressortit, elle admira la grâce de Lane sur l'échelle, dans sa tenue de ski bleu roi, ses cheveux blonds se balançant au rythme de ses mouvements. Diana détourna les yeux, se rendit à la cuisine pour se servir du café et rejoignit les autres près de la cheminée.

Elles portaient toutes des combinaisons de ski. La conversation était discontinue, forcée, morne. Diana s'aperçut qu'elle avait complètement oublié les événements de la veille au soir et l'issue désastreuse de leurs jeux. Elles étaient empruntées, songeuses, évitant que leurs regards ne se croisent.

— Est-ce que l'une d'entre vous a autant la gueule de bois que moi ? demanda Liz avec une grimace en se massant la nuque.

Madge déclama, la tête dans les mains :

— *Je meurs, Égypte ! Je meurs.*

— Moi, je me sens bien, dit Millie.

— Je suis trop vieille pour ces trucs-là, soupira Liz. George et moi, avant, on passait des nuits entières à faire la bringue dans les bars, et ça ne nous empêchait pas d'aller skier dans la foulée, sans avoir fermé l'œil. À l'époque on y arrivait comme qui rigole, mais aujourd'hui… J'ai l'impression que je vais le payer.

— Tu ne parles que de ta gueule de bois, j'espère, répondit Lane. Pour ce qui me concerne, nous sommes quittes.

Elles échangèrent un regard prolongé et direct.

— Bon… Liz hocha la tête.

— Nous sommes amies depuis des années, dit Madge. Il faudrait beaucoup plus qu'une soirée où nous étions toutes défoncées à l'alcool et à l'herbe pour que ça change.

— Nous nous connaissons trop bien, ajouta Millie. Et puis c'est suffisamment difficile comme ça de se faire des amies.

— Il y a aussi eu de bonnes choses, hier soir, dit Chris.

— Oui, acquiesça Diana, sachant qu'on attendait d'entendre son avis, pour bref qu'il fût.

— Dans ce cas, chères amies, allons prendre le petit déjeuner, conclut Liz.

Diana picora ses œufs brouillés, pleine du trouble que provoquait en elle la présence de Lane. Celle-ci termina rapidement son assiette et alla s'asseoir près de la cheminée pour boire son café. Elle regardait par la fenêtre, feignant de ne pas voir Diana.

Tout le monde partit pour les pistes de ski et Diana monta dans sa voiture pour se rendre au Harrah.

Dans le parking, elle resta assise au volant, à tripoter ses clés de contact, la tête appuyée contre le siège, le regard sur les montagnes enneigées. Elle songeait à sa propre féminité, à celle de Lane, à l'élégance de ses gestes.

Ce qui s'était passé entre elles était incompréhensible. Avec une surprenante facilité, elle reconstitua l'image de Lane dans la simplicité d'un jean et d'une chemise blanche. Sa beauté la transperça. Perturbée, elle repoussa l'impression en se rappelant que jamais, de toute sa vie, elle ne s'était sentie physiquement attirée par une femme. Elle évoqua mentalement, sans effort et par défi, son fantasme préféré : un homme en chemise de soie blanche l'embrassait et la caressait tout en douceur…

En s'éloignant de sa voiture, elle s'attendrit un peu sur son sort en se disant qu'elle n'avait pas fait l'amour depuis longtemps. Presque deux mois.

Elle eut le temps de quitter le parking avant de reconnaître que la nuit précédente lui avait donné du plaisir. Elle l'aurait voulue interminable, elle avait adoré que Lane la touche ; et une grande partie de ce plaisir tenait à sa certitude que Lane aussi avait aimé sa bouche, ses bras, son corps…

C'était différent. Point final. Elle avait bu plus que de coutume – mais elle se félicitait de ce que ni Lane ni elle ne se soient servi de cette excuse facile et fallacieuse pour justifier ce qui s'était passé. Les jeux avaient fait émerger de profondes émotions chez elles. Lane l'avait protégée de cet être cruel, pitoyable et ivre… Et elle appréciait Lane, elle l'appréciait vraiment beaucoup.

Elle entra au Harrah, gênée par cette dernière pensée. Elle savait pertinemment que le mot "apprécier" n'exprimait pas exactement ce qu'elle ressentait.

Elle trouva Vivian au Harvey, de l'autre côté de la rue, les yeux bouffis de sommeil, actionnant sans beaucoup d'enthousiasme le levier d'une machine à sous.

— Comment ça va, Viv ?

L'humeur de Diana s'améliora en la voyant. Soudain, le monde lui semblait plus normal.

— Très mal. John m'a redonné cent dollars en m'ordonnant presque de les faire durer… Elle marqua une pause avant d'ajouter, un sourire coquin aux lèvres : Jusqu'à ce que Vivian réussisse à le ramener au lit.

Diana se mit à rire :

— Tu sais, les machines à sous, ce n'est pas la meilleure manière de faire durer ton argent… Elle regarda Vivian avec affection.

— Je sais, je sais. Mais après tout, je vais peut-être gagner un petit quelque chose. Et sinon, je monterais me coucher. Ça ne me ferait pas de mal, d'ailleurs, souligna-t-elle en glissant un nouveau dollar dans la machine. Diana mon chou, Vivian voudrait te demander une faveur. Tu vas dire oui ?

— Bien sûr. Qu'est-ce que tu veux ?

— Appelle Fred au bureau, et demande-lui un jour de congé supplémentaire. Ça ne posera aucun problème. Ils préfèrent qu'on prenne nos vacances maintenant plutôt que l'été, quand tout le monde s'en va en même temps. Je veux en profiter encore un peu. Allez, Diana, dis oui !

Diana réfléchit rapidement. Cela signifierait qu'elles partiraient le jeudi. Or Lane avait prévu de s'en aller le mercredi. Vivian insista :

— Liz ne verra aucun inconvénient à ce que tu passes une autre nuit chez elle. Mais si tu ne veux pas y rester, je te paierai le motel. Enfin, j'espère, ajouta-t-elle avec un regard menaçant pour la machine à sous.

— J'adore le chalet, répondit Diana. Et je suis certaine que ça n'ennuiera pas Liz.

Elle se doutait bien que Liz serait trop contente d'avoir l'occasion de se faire pardonner son comportement de la veille.

— Alors, c'est d'accord ?

— Évidemment. Ça sert à ça les amies.

— Tu es un amour. Allons petit-déjeuner, je t'invite.

— Je l'ai déjà pris.

— Que je suis bête ! J'avais oublié les petits déjeuners pantagruéliques de Liz. Dommage que

George ait tout fichu en l'air. Quand ils étaient ensemble, c'était formidable.

— C'est ce que j'ai cru comprendre.

Trois symboles identiques s'alignèrent sur la machine à sous. Diana sursauta quand Vivian poussa un cri. L'écran s'éclaira et des sonneries retentirent.

— Trois cents dollars ! hurla Vivian en montrant l'appareil d'une main tremblante. Les joueurs les plus proches la contemplèrent avec des expressions très différentes, allant du sourire amusé aux mines renfrognées, voire franchement haineuses. Elle enlaça Diana : Tu es mon porte-bonheur ! Oh, ça promet d'être une journée du feu de Dieu !

Diana éclata de rire. Vivian l'attrapa de nouveau dans ses bras avec enthousiasme. Elle l'aida à ramasser les pièces qui cliquetaient en tombant dans le plateau métallique, sous les hululements ininterrompus de la machine. Bras dessus, bras dessous, chargées de petits seaux en carton pleins à ras bord, elle se dirigèrent vers le comptoir pour faire le change.

Au Harrah, Diana passa un coup de téléphone à Los Angeles. Comme l'avait prédit Vivian, Fred MacPherson lui répondit de sa voix lasse et brusque :

— Bien sûr, Diana, aucun problème. À vendredi.

Quand elle eut raccroché, une jeune femme aux cheveux foncés et brillants passa près d'elle. Diana prit quelques secondes pour la regarder. Elle s'appuya contre le mur, ferma les yeux et retrouva la tête de Lane près de la sienne, les doigts de Lane qui ne semblaient pas se lasser de la texture de ses cheveux, les ramenant sur son propre visage comme pour s'y baigner ; Diana se souvint s'être redressée sur les coudes, pour laisser sa chevelure se répandre sur Lane, qui avait murmuré : Oui. Le seul mot prononcé de toute la nuit. Pendant un long moment, elles étaient restées dans les bras l'une de l'autre, Diana continuant à caresser Lane de ses cheveux. Puis, quand Lane l'avait finalement libérée, elle avait senti à son tour dans son cou et sur ses paupières, la soie parfumée des cheveux de Lane. Et leurs lèvres s'étaient jointes...

Diana repartit brusquement et entra dans le casino. Elle l'arpenta de long en large plusieurs fois. Elle voulait fatiguer son corps, l'éprouver. Enfin, elle choisit une table de Black-jack.

— La chance est du côté de la banque, ce soir ? demanda-t-elle à la croupière.

Au fil du temps, elle avait appris que la plupart des croupiers étaient tout disposés à répondre à cette question.

— On dirait. Installez-vous.

La croupière était jeune et belle, une petite brune calme qui portait des lunettes à monture d'écaille et une plaque sur laquelle était écrit "Karla".

— L'hiver s'est bien passé ? interrogea encore Diana aimablement, tandis qu'elle misait deux dollars.

— Ça dépend. Faut aimer la neige.

Diana rit. Elles discutèrent sur un ton cordial, par intermittence. Diana concentrait toutes ses pensées sur le jeu. Les cartes lui arrivaient en suivant toujours le même genre de séries de huit à dix mains, soit médiocres, soit très bonnes. Elle jouait avec beaucoup d'attention et misait avec davantage d'agressivité que d'habitude quand elle avait de la chance. Elle reçut coup sur coup plusieurs mauvaises cartes et perdit six tours d'affilée.

— Je vais faire une pause, annonça-t-elle à la croupière.

Elle étira les muscles tendus de ses épaules, jeta un coup d'œil autour d'elle et aperçut un jeune homme accompagné d'une blonde séduisante. Ils passaient près d'elle, très lentement, main dans la main, tête contre tête. Elle se souvint que la nuit précédente, elle avait tenu le visage de Lane et l'avait embrassé ; ensuite, Lane lui avait pris les mains pour déposer des baisers sur ses doigts, ses paumes, l'intérieur de ses poignets... Et finalement, ses doigts mêlés aux siens, elle avait uni sa bouche à celle de Diana en une caresse légère, infinie...

— Vous remettez ça ? demanda la croupière.

— Oui, répondit Diana avant de pousser deux jetons dans sa case des mises.

— On aurait dit que vous étiez à des milliers de kilomètres d'ici.

— Merci beaucoup de m'avoir ramenée, plaisanta Diana. Vous venez de me donner quinze points.

— Désolée. Quel que soit l'endroit où vous étiez partie, ça avait l'air très agréable.

— Hum.

Diana sourit en lui faisant signe qu'elle voulait une carte supplémentaire.

— Tenez, dit la croupière en lui tendant un quatre. Celle-là non plus ne vous va pas ?

— La question est de savoir si ça suffira.

La banque tira une reine. La croupière conserva son impassibilité et se tourna vers le joueur assis à côté de Diana, un vieil homme qui fumait le cigare et sirotait un breuvage vert à l'aspect répugnant.

— Moi aussi, parfois, je suis à des milliers de kilomètres, poursuivit la croupière. Les clients seraient très choqués s'ils savaient à quel genre de choses il m'arrive de penser.

Diana pouffa et quelques rires s'élevèrent autour de la table. La croupière retourna un six et recouvrit ses seize points par un quatre :

— Aïe.

Diana ramassa son argent :

— Vous m'avez l'air un peu trop en veine. À tout à l'heure peut-être.

En déjeunant avec Vivian, elle se dit que de son côté, Lane s'efforçait sans doute aussi de comprendre ce qui s'était passé la veille. Le désarroi de Diana augmenta lorsqu'elle se rappela que c'était elle qui avait passé son bras autour d'elle quand elles avaient contemplé les étoiles, et ce à deux reprises. Lane n'avait pas pris l'initiative de la toucher. Et pour couronner le tout, le lendemain matin, Diana l'avait complimentée sur sa beauté. Horrifiée, elle se rendit compte que Lane pouvait avoir cru qu'elle était… le mot la fit presque s'étrangler… *lesbienne !* Ou plutôt bisexuelle. Elle fut soudain reconnaissante à Liz d'avoir fait état de sa relation avec Jack.

— Tu m'écoutes ? demanda Vivian.

— Évidemment. Tu étais en train de me démontrer

que tu étais géniale parce que tu as décroché le jackpot.

— Arrête de te foutre de moi. Vivian éclata de rire mais reprit son sérieux avant d'ajouter : Tu n'es pas très causante aujourd'hui. Même pour toi, c'est plutôt anormal.

Diana sourit :

— Tu parles pour deux.

Quand Vivian reprit son monologue, Diana décida qu'il était inutile de se tourmenter avec des spéculations. Sa nuit avec Lane relevait de la catégorie des "choses qui arrivent", et ce soir Lane serait sans doute arrivée à la même conclusion.

— Si tu restais ici pour fêter ça avec John et Vivian ?

— Liz m'attend.

— Qu'est-ce que ça peut faire ? Elle est bien placée pour savoir que quand on est dans un casino, il est facile de se laisser embarquer.

— Je ne peux pas, répondit Diana fermement.

Liz interpréterait mal son absence. Et puis elle avait une autre raison de rentrer, une raison beaucoup plus importante. Après un jour entier passé à ruminer de sombres pensées, Diana voulait affronter ses sentiments en présence de Lane afin de les faire taire, progressivement, jusqu'à ce qu'ils perdent toute consistance.

— Et demain ? Tu sais, John et moi nous voulons t'inviter quelque part.

— Demain, ce sera très bien.

À la fin de la journée, Diana avait gagné plus de cent cinquante dollars. Elle arriva au chalet un peu avant 19 h.

Diana, j'aimerais vous inviter à dîner, dit Liz. Les filles sont d'accord et j'espère que toi aussi. On va aller en ville pour faire retomber la fièvre qui a envahi le chalet.

— Oui, volontiers, répondit Diana en cherchant Lane du regard.

Elles s'étaient toutes préparées pour sortir : elles avaient troqué leurs jeans et survêtements pour des pantalons, des chemisiers et des pulls. Lane était assise en tailleur sur le canapé. Elle portait un pantalon noir avec une ceinture de petits maillons dorés, un chemisier blanc en soie attaché au niveau du cou par un fin cordon, également en soie, et elle avait mis de minuscules boucles en or à ses oreilles.

Leurs yeux se rencontrèrent. Lane sourit. Diana lui rendit son sourire et détourna le regard, muette de saisissement devant sa beauté. Elle se dirigea nerveusement vers la cuisine : son pouls s'était accéléré, elle se sentait faible, au bord de l'évanouissement. Liz la suivit :

— Un peu de vin ? À moins que tu ne préfères un doigt de vodka ?

— Non, juste un verre d'eau, murmura-t-elle.

Elle but très lentement le liquide glacé et parvint à retrouver son calme en racontant l'épisode du jackpot de Vivian. Elle lui fit également part de la demande de son amie pour qu'elle prolonge son séjour d'une journée. Comme elle s'y attendait, Liz tint absolument à ce qu'elle reste au chalet.

Diana rejoignit ensuite le groupe au salon, répéta l'anecdote du coup de chance de Vivian et évoqua sa propre bonne fortune aux tables de jeu :

— Liz, laisse-moi vous inviter avec mes gains.

— Pas question !

— Tu risques de perdre cet argent aussi vite que tu l'as gagné, fit remarquer Chris.

— Le pire qu'il puisse m'arriver, c'est de revenir à mon point de départ, répondit Diana.

— Peut-être devrais-je me mettre au jeu, dit Lane.

— Toi ! s'esclaffa Madge.

— Oui, moi. Pourquoi pas ?

— Parce que ça ne cadre pas avec la discipline de fer que tu t'imposes.

— Tu me présentes sous un jour extrêmement barbant, constata Lane d'une voix égale.

— Je peux t'apprendre le Black-jack, proposa Diana. C'est le seul jeu que je connaisse.

Elle s'amusa presque à la pensée que désormais, il lui faudrait habiller son fantasme préféré autrement qu'avec une chemise blanche. Sur ce, elle s'excusa pour aller se changer.

Elle choisit un pantalon vert et un pull écru. Elle trouva le moelleux du cachemire plus sensuel que d'habitude sur sa peau, surtout quand il frôla ses seins, à travers le soutien-gorge. Elle aperçut le pyjama de Lane sur un cintre, dans l'armoire : il était légèrement fané aux épaules.

Elles décidèrent de prendre la voiture de Liz. Diana monta la première, elle voulait voir où Lane choisirait de s'asseoir. Mais leur hôtesse dit :

— Lane, viens devant à côté de moi.

Tandis que le break dévalait la route sinueuse, Liz expliquait à voix très basse :

— Ici, l'été aussi est fabuleux. Il y a plein de ruisseaux et d'animaux sauvages. Le mieux, c'est de faire des provisions et de ne plus quitter la splendeur des montagnes, loin de tout le tintouin touristique.

— D'ailleurs, on parle de protéger la région depuis des années, ajouta Madge. Si vous voulez mon avis, il y a beaucoup d'enjeux politiques derrière tout ça. Le Nevada a trop besoin d'argent.

— Je soutiens les associations qui militent pour la conservation du milieu naturel. Il n'y avait rien à l'époque où nous nous sommes installés ici, George et moi. C'est après que nous avons vu toutes ces horreurs sortir de terre... Liz se pencha sur le volant pour jeter un coup d'œil au-dehors : Il se peut qu'il neige cette nuit. Le ciel ne me dit rien qui vaille.

— *Le Ciel est bas – les Nuages mauvais,* murmura Diana.

Elle n'entendit pas le commentaire de Chris. Lane s'était retournée et, le menton posé sur le bras, elle regardait Diana avec un sourire qui s'élargissait petit à petit : la beauté et la complicité de ce sourire lui serrèrent le cœur.

Elles dînèrent au Sage Room, un restaurant du Harvey.

— Depuis vingt ans que je viens ici, c'est toujours là qu'on mange le mieux de toute la région. Et croyez-moi, je suis bien payée pour savoir que les trucs qui durent plus de vingt ans, ça court pas les rues, dit Liz.

— Oui, approuva Lane. En plus, on a beau être à deux pas du casino, on n'est pas gêné par le bruit.

Lane était assise près de Liz, Diana en face d'elle. Elle avait l'air détendu, tranquille. Elle buvait une gorgée de vodka tonic de temps en temps. Liz s'adressa à elle :

— Madge m'a raconté que ton père était avocat. C'est lui qui t'a transmis le virus ?

— Oui. Au début. Mais il y a des aspects de ce métier qui me fascinent littéralement… Comme les autres l'observaient avec attention, Lane poursuivit : Le monde des lois est complexe, fluide, flexible. Tout le contraire des mathématiques. C'est logique, mais sans rien de précis ni d'exact, paradoxalement. Un peu à la manière de l'eau qui s'adapte à la forme du récipient qu'elle remplit.

— Je suis pas sûre de bien te suivre, mais on s'en fout pas mal, parce qu'en revanche, je suis sûre d'autre chose : intelligente et belle comme tu l'es, tu dois damer le pion à la plupart des hommes. Ne pas te marier, c'est un choix ?

— C'est une question très personnelle ! protesta Madge.

— Ça n'a pas d'importance… Lane haussa les épaules : Non, ce n'est pas un choix.

— Alors, bon sang de bois, qu'est-ce que tu attends ?

— Le Prince charmant ! plaisanta-t-elle.

— Et comment tu le vois, ce Prince charmant ?

Diana s'attendait à une autre pirouette, mais Lane répondit sérieusement :

— Comme quelqu'un que je ne domine pas. Dans mes relations avec les hommes, c'est toujours moi qui finis par avoir le dessus.

Liz l'observa sans arrière-pensée, avec de l'estime :

— Franchement, je t'admire. Tu es une dame de fer. Si j'étais un mec, j'y réfléchirais à deux fois avant de te draguer, tout canon que tu sois. Je parie que les rues de San Francisco sont jonchées de cadavres de types désespérés, mais qui ont appris la prudence.

— J'ai bien peur que oui… Lane sourit faiblement.

Liz se tourna vers Diana avec un air amusé :

— Tu es toujours persuadée que c'est une créature délicate et sensible ?

En un éclair, Diana se rappela les lèvres de Lane s'écartant de ses lèvres pour frôler ses yeux, ses pommettes ; la chaleur de sa langue glissant au ralenti sur ses joues pour essuyer ses larmes ; le goût de sel sur sa bouche revenant se poser sur la sienne ; et quand sa bouche s'était ouverte, le goût de sel sur sa langue…

— Oui, répondit Diana.

— Décidément, tu es une femme très compliquée, dit Liz à Lane.

— Je n'en ai pas l'impression, répliqua Lane.

Le serveur leur apporta les salades.

— Qu'il est mignon, minauda Millie, les yeux braqués sur le jeune homme qui s'éloignait. J'adore les mecs qui ont un petit cul. Vous croyez au coup de foudre ?

— Je crois à la possibilité du coup de foudre, dit Lane.

— Mais je plaisantais ! s'écria Millie.

— Il faut croire que je n'ai aucun sens de l'humour.

Diana éclata de rire et la regarda à l'instant précis où Lane détournait les yeux de ce qu'elle crut être ses seins. Se reprenant, elle décida qu'elle devait se tromper. Lane ne les avait même pas touchés, la veille. Elle l'avait prise dans ses bras, lui avait caressé le visage et les mains. Embarrassée et se sentant rougir, Diana se rappela ses propres mains qui découvraient la peau de Lane, sous son pyjama, et se délectaient de sa douceur. D'ailleurs, elle non plus, elle n'avait pas touché les seins de Lane. Elle dut admettre qu'elle le regrettait quand, en les considérant, elle constata qu'ils s'ajusteraient parfaitement à ses paumes. Il ne s'était rien passé entre elles… et il ne pouvait rien se passer.

Elle observa Lane qui se penchait en souriant pour écouter ce que lui disait Madge à voix basse. Elle lui évoquait une statue qu'elle avait admirée dans un musée de Los Angeles : une femme en albâtre à l'aspect chaud et brillant, aux courbes si sensuelles qu'elle avait eu envie de poser la main sur ses merveilleuses formes féminines. Elle s'absorba dans la contemplation des doigts de Lane, longs et minces, qui dessinaient sur la buée de son verre. Elle revécut leur caresse lente et aérienne sur son visage, ses oreilles, son cou, tandis qu'elles s'embrassaient… s'embrassaient…

Émergeant soudain de la vague d'érotisme qui s'était emparée d'elle, Diana se répéta avec calme que ce sentiment incompréhensible ne manquerait pas de disparaître dans deux jours, dès que cette femme serait sortie de sa vie.

Après le dîner, chacune partit de son côté. Elles avaient convenu de se retrouver au Harvey à minuit. Diana et Liz partirent au Harrah à la recherche de Vivian, qu'elles trouvèrent à une table de Craps en compagnie de John. Celui-ci regarda Diana avec une pointe de lascivité, comme d'habitude, et la serra trop fort contre lui, comme d'habitude aussi.

Diana résista à la tentation de retourner au Harvey pour rejoindre Lane. Elle choisit une table de Black-jack, s'assit et fit un effort pour se concentrer sur le jeu. Elle avait remporté cinq mains de suite et s'apprêtait à miser dix dollars quand elle entendit la voix de Millie :

— Regardez qui est là !

Avec une bouffée de plaisir, Diana se retourna pour voir Lane et Millie qui se tenaient juste derrière elle. La chaise à côté de sa place était vide.

— Tu veux jouer ? proposa-t-elle à Lane. Je peux t'apprendre pendant la partie. Ce n'est pas très difficile.

— Je préfère regarder d'abord.

— Oui, sinon ça coûte trop cher, dit Millie.

— En général, moins que la loterie ou les machines à sous, figure-toi, répliqua Diana.

Elle gagna la partie et augmenta sa mise.

— Tu joues quinze dollars ! s'exclama Millie.

— Je gagne, donc c'est l'argent des autres que je mets en jeu. C'est comme ça qu'on gagne. On mise plus gros quand on a le vent en poupe, et le minimum quand on perd.

Diana gagna encore.

— Tu peux parier dix dollars pour moi ? s'enquit Lane.

— Bien sûr.

Diana déposa sa propre mise de vingt dollars et ajouta deux jetons de cinq dollars pour le compte de Lane.

Elle reçut un neuf et un cinq. La carte découverte de la banque était un neuf.

— Désolée. La banque risque de faire dix-neuf points. Ce n'est pas le moment idéal pour en tirer quatorze.

— Ça veut dire qu'on perd ?

— Pas encore. On va essayer de faire mieux.

Elle demanda une autre carte et se réjouit de voir un sept.

— Est-ce aussi bien que ce que je crois ? s'enthousiasma Lane.

— Maintenant, le pire qui puisse arriver, c'est le match nul. Combien veux-tu miser ?

— Dix dollars ?

— Bien.

La banque avait dix-neuf points. Diana misa vingt-cinq dollars pour elle et dix autres pour Lane. Elle attendit, tendue, pendant que la croupière faisait le tour des autres joueurs. Finalement, elle découvrit son sept.

— Formidable ! s'écria Lane. Laisse mes vingt dollars. Je sais reconnaître une gagnante quand j'en vois une.

— Mince alors ! s'étrangla Millie. Cinquante dollars !

— Fais comme si c'était de l'argent de Monopoly, conseilla Diana. C'est le secret de ma réussite.

Lane éclata de rire. Diana ramassa ses deux cartes, elle avait dix-huit points. La carte découverte de la banque était un trois.

— Ce n'est pas mal, expliqua-t-elle à Lane. La banque perdit : Tu peux dire ce que tu veux, je refuse de parier plus de vingt dollars pour toi. Il m'arrive quand même de perdre une fois de temps en temps.

— C'est toi qui vois.

Diana eut un as et un dix. Elle s'excusa presque :

— Ah, ce ne sera pas cette fois. On aurait dû tout parier. On repart à vingt dollars ?

— D'accord, dit Lane en riant. C'est fantastique !

Diana totalisa dix-sept points avec un cinq découvert pour la banque, mais celle-ci monta finalement à vingt.

— Ouille ! Y a-t-il un vers d'Emily Dickinson adapté à la situation ?

— Je ne crois pas qu'elle ait jamais joué au Blackjack, plaisanta Lane. Combien j'ai gagné en tout ?

— Cinquante dollars. Tu fais l'impasse sur le tour suivant, d'accord ? En général, quand c'est fini, c'est fini.

Elle ne misa que deux dollars.

— Sacrée déchéance, après tes soixante-dix dollars, dit Millie.

Diana perdit : la banque fit un vingt-et-un.

— Je comprends mieux ce que tu voulais dire. Quel est le maximum que tu aies jamais misé ? demanda Lane.

— Dans les cinquante dollars, au cours d'une série particulièrement bonne.

Elle perdit les deux parties suivantes et Millie

s'éloigna pour aller jouer à la loterie. Le parfum de Lane parvint soudain à Diana. Elle sentit la chaleur de sa main à travers le cachemire de son pull et entendit un murmure tout près de son oreille :

— La joueuse du bout de la table... Combien est-elle en train de jouer ?

Diana jeta un coup d'œil à la jeune femme d'une trentaine d'années, aux traits anguleux, vêtue d'une robe sobre en laine beige, qui s'installait sur un tabouret. Elle avait placé quatre jetons noirs dans la case de ses mises.

— Quatre cents dollars, répondit-elle. Regarde l'homme à côté d'elle.

Il venait d'ajouter quatre jetons de cinq dollars à sa première mise de dix. Après plusieurs tours, elle chuchota de nouveau à Lane :

— Elle, sa mise de base est toujours de quatre cents dollars mais lui, il s'emballe, tu vois ?

— Qu'est-ce que tu veux dire ? demanda Lane à voix basse en se rapprochant encore.

— Eh bien, il perd et il mise de plus en plus.

Diana jouait, distraite, risquant peu d'argent, occupée à observer l'homme et la femme. Elle commentait le jeu pour Lane, enivrée par son parfum, avec la conscience aiguë de sa proximité.

Finalement, le joueur se leva :

— La banque a trop de veine pour moi, lança-t-il à la femme.

— Hum, répondit celle-ci avec indifférence. Au revoir. Bonne chance pour la suite.

Elle poussa quatre jetons noirs sur le tapis. Il s'éloigna, jetant un regard en arrière. La femme perdit et ramassa son sac, en cuir très simple, en disant à la cantonade :

— En fait, mon truc c'est plutôt le baccara… Puis, se tournant vers la croupière : Merci jeune fille, j'ai passé un très bon moment.

Elle lui tendit deux jetons verts et partit. Elle disparut rapidement dans la foule.

— Cinquante dollars ! s'écria la croupière stupéfaite en contemplant les jetons dans sa main. Alors que je viens de lui en faire perdre trois mille !

Diana ramassa son argent :

— À force de la regarder, j'ai joué plus que de raison. Si elle avait gagné, je me demande combien elle vous aurait donné !

La croupière sourit tristement :

— Ne remuez pas le couteau dans la plaie.

Diana remit à Lane ses gains, une pile de jetons de cinq dollars.

— De l'argent gagné sans rien faire, constata Lane en soupesant ses jetons. C'est un peu bizarre. Je t'invite à boire un verre ? Ou tu préfères continuer à jouer ?

— Un verre, c'est une excellente idée.

Elles s'arrêtèrent dans la partie cabaret, dont le rideau était baissé entre deux représentations.

— Il doit y avoir un supplément pour le spectacle si on s'assoit ici, dit Diana.

— Ça a l'air agréable, répondit Lane, décidée.

Quand on leur apporta leurs boissons, Diana fit tinter son verre contre celui de Lane pour trinquer :

— Tu as tout ce qu'il faut pour faire une vraie joueuse.

— Tu crois ? Lane sourit en tripotant ses jetons.

Elle forma deux piles à côté de sa vodka tonic : En tout cas, toi, tu as l'air très bonne. Tu as du cran.

— J'ai un peu été obligée d'apprendre. Mais en fait, il ne me faut pas plus de deux jours pour que ça commence à m'ennuyer. Ce soir, ç'a été amusant. J'aime bien regarder les autres, comme la femme qui jouait à notre table. Comment peut-on se moquer autant de l'argent ?

— Elle ne portait pas de bijou, pas la plus petite bague.

— C'est curieux. J'ai vu beaucoup d'hommes jouer de telles sommes, mais rarement des femmes. Je me souviens d'une joueuse, il y a quelques années, qui a misé cinq cents dollars par partie pendant trois tours. C'était aux petites heures du matin et elle était seule à une table, avec une foule de curieux autour. On aurait dit une vieille institutrice. Malgré les quarante mille dollars entassés devant elle, elle se montrait aussi froide qu'un serpent… à part son pied, qui remuait à toute allure. Le lendemain, je l'ai revue et, cette fois, ses mises ne dépassaient pas deux dollars. De quoi réfléchir, non ?

Les bras croisés sur la table, penchée vers elle, Lane l'écoutait avec un vif intérêt :

— Quel monde étrange.

Diana trouvait agréable qu'elle lui accorde autant d'attention :

— Oui. Les gens me fascinent. La joueuse de tout à l'heure, par exemple, elle n'éveille pas ta curiosité ? D'où peut-elle bien sortir tant d'argent ? Pourquoi mise-t-elle ainsi ? C'était de la pose, de la frime ? Ou bien ces mises de quatre cents dollars ne représentent-elles à ses yeux rien de plus que celles de deux dollars pour nous ?

— Je ne crois pas qu'il s'agissait de frime.

— Moi non plus. Une femme qui joue des sommes pareilles et qui laisse un pourboire de cinquante dollars à la croupière… J'ai adoré. J'étais contente d'elle.

Lane sourit :

— Je te comprends très bien. Le joueur d'à côté a perdu beaucoup, proportionnellement.

— Absolument. Avant qu'elle ne vienne s'asseoir à notre table, il jouait dix dollars par tour. Je le sais parce que je remarque toujours ce que les gens misent. Il a dû perdre une bonne partie de son argent à essayer d'impressionner cette femme qui s'en fichait complètement.

— On dirait que le jeu provoque sa propre variété de folie.

— Peut-être. Ça dépend de…

La serveuse se présenta devant elles avec deux autres verres :

— De la part des messieurs, là-bas, à la table du coin.

— Nous n'en voulons pas, n'est-ce pas ? demanda Lane sans même prendre la peine de regarder vers l'endroit indiqué par la serveuse.

— Bien sûr que non, dit Diana.

Lane prit deux jetons de cinq dollars et les déposa sur le plateau de la serveuse :

— Pouvez-vous les remporter et faire en sorte qu'on ne nous dérange plus, s'il vous plaît ?

— Pas de problème, j'ai l'habitude, répondit la serveuse.

— Tu flambes toujours aussi facilement ou tu apprends vite ? se moqua Diana.

— Talent naturel.

Lane sourit. Un silence embarrassé s'installa. Diana détourna les yeux quand elle vit Lane passer les doigts sur la buée de son verre.

— Ça va, Diana ?

La voix de Lane était tranquille. Diana acquiesça et fit un effort pour la regarder de nouveau :

— Et toi ?

— Oui. Je me sens bien.

— La soirée a été... riche en émotions.

— En effet. Je m'inquiétais à ton sujet, tu avais l'air un peu préoccupée pendant le dîner. Je veux être sûre que tu n'éprouves aucune gêne pour... quoi que ce soit.

— C'est gentil. Tu es vraiment quelqu'un de singulier, ajouta-t-elle avec feu.

— Toi aussi. Tu es extraordinaire et je... commença Lane. Sur la scène, le rideau se leva en même temps qu'éclatait la musique : Ici, on ne peut pas... À moins que tu n'aies envie de rester ?

— Non.

— Tant mieux. J'ai la tête fragile, et le bruit me donne vite la migraine.

— Alors on ferait mieux de se dépêcher.

Diana avait dû hausser la voix pour dominer le tumulte qui redoublait. Elles se faufilaient entre les tables, quand Diana surprit le commentaire d'un homme qui disait à son ami :

— Ces deux-là, elles m'ont pas l'air de bonnes sœurs.

Diana et Lane parvinrent à atteindre le casino

avant d'éclater de rire. Liz les rejoignit :

— Je vous ai cherchées partout. Chris ne se sent pas très bien. À mon avis, c'est la fatigue, mais je préfère quand même la ramener au chalet. Si vous me donnez une heure, je peux repasser vous prendre après.

— Tu as encore envie de jouer ? demanda Lane à Diana.

— Nous sommes toutes fatiguées, répondit-elle. Si on rentrait ?

La nuit était belle, mais il faisait un froid glacial et Diana frissonna tandis qu'elles traversaient le parking. Elle enfonça ses mains dans ses poches.

— L'une de nous aurait dû aller chercher la voiture, dit Lane en la regardant.

Agacée contre elle-même, Diana expliqua :

— Ça va, c'est juste que mon sang de Californienne du sud a du mal à s'habituer à ce froid de canard.

— Ma voiture se réchauffe en un rien de temps, assura Liz, avant de s'adresser à Lane : Dis donc, d'après Millie, Diana et toi, vous êtes de sacrées joueuses.

Elles discutèrent pendant qu'elles filaient sur l'autoroute. Le bras de la conductrice reposait sur le dossier du siège de Lane. Assise à côté d'elle, Chris était pâle, les yeux fermés.

Diana regardait Lane raconter l'histoire de la femme qu'elles avaient observée à la table de jeu. Elle ne voyait que son profil, la simplicité de sa beauté anguleuse, ses cheveux que traversaient les reflets dorés des néons et des phares des autres voitures. Elle repensa à leur conversation. Lane lui avait laissé entendre très clairement qu'elle n'accordait aucune valeur particulière à l'attitude de Diana la veille, ni à leur nuit ensemble. Ses propos durant les jeux de Madge lui revinrent également en mémoire, surtout quand elle avait parlé de papillonner. Alors elle se rendit compte, avec un étrange mélange de soulagement et de tristesse, que dans l'esprit de Lane, ce qui s'était passé entre elles avait encore moins de poids qu'un "intermède".

— Pour la tempête, c'était une fausse alerte, dit Liz.

Elle se pencha sur le volant pour scruter le ciel au-dessus de la route qui serpentait vers les sommets.

— Oui, acquiesça Lane. On voit les étoiles.

Chris alla immédiatement se coucher, et Liz ranima le feu. Le chalet ne tarda pas à redevenir un endroit douillet. Tout le monde commença à se préparer pour la nuit.

Lane était debout devant la fenêtre quand Diana entra dans la chambre. Elle retira l'échelle et ferma la trappe, déterminée à ne pas aller vers Lane. Elle se glissa dans le lit et posa un bras sur ses yeux : elle ne voulait ni parler, ni penser, ni sentir. Elle n'avait pas envie de poursuivre leur conversation interrompue du casino ; elle craignait que Lane ne continue de minimiser l'importance des moments de tendresse et de plaisir qu'elles avaient partagés. La seule chose qu'elle voulait, c'était qu'elle vienne s'étendre, lui dise bonsoir et qu'elles s'endorment.

Lane quitta finalement la fenêtre et éteignit la lampe. Elle se coucha. Un silence tendu, palpable, se prolongea entre elles. Son parfum. Diana ouvrit les yeux quand Lane se pencha sur elle :

— Diana, murmura-t-elle.

— Oui, répondit Diana, qui la cherchait déjà. Ses mains puis ses bras trouvèrent la chaleur du corps de Lane à travers la soie froide du pyjama.

— Diana, répéta Lane.

Sa bouche était bien plus veloutée que Diana se la rappelait, qu'elle avait passé la journée à se la rappeler.

Elle prit la tête de Lane entre ses mains, l'embrassa sur le front, dans les cheveux ; sa bouche suivit la courbe de ses sourcils et de ses paupières. Sa langue goûta ses cils. Puis elle explora la géométrie de ses traits, tandis que ses doigts découvraient le labyrinthe de ses oreilles, le contour de son nez, dans la chaleur de son souffle. Ses lèvres se posèrent sur celles de Lane, un instant sa langue en butina les commissures, et elle les couvrit lentement de baisers. Des lèvres souples, tendres, qui ne répondaient pas aux siennes parce qu'elles devinaient l'envie qu'avait Diana de juste en éprouver la forme. Elle appuya la tête sur le buste de Lane et, les doigts sur ses joues, elle laissa échapper, dans un soupir :

— Pourquoi faut-il que tu sois si belle ?

Après quelques secondes, Lane répondit en lui baisant les doigts :

— Pour toi.

Aveuglément, Diana se redressa pour retrouver une bouche qui, cette fois, répondit à la sienne, l'effleurant, s'écartant doucement. Diana se rapprocha encore, se faufila dans les bras de Lane, qui la serrèrent plus étroitement à mesure que leurs baisers se faisaient plus passionnés.

Lane se mit sur les coudes pour déboutonner le haut du pyjama de Diana. Elle l'ouvrit et ses mains enveloppèrent les épaules nues de l'autre femme. Des mèches tombaient sur son front baigné d'ombre. Elle contempla longtemps les seins de Diana, avant d'y enfouir son visage. La main de Diana la retint contre elle, plongeant dans sa chevelure.

Lane embrassa le creux de ses aisselles, et ses doigts fins voyagèrent sur les seins de Diana. Ses cheveux les balayèrent sensuellement et elle s'y cacha encore une fois, sans cesser de les toucher voluptueusement. Elle se pencha pour les embrasser, les mains de Diana toujours agrippées à sa chevelure, et elle y sema des petits cercles de longs baisers chauds jusqu'à ce que, dans un gémissement de plaisir qui se joignit à un « Oh » à peine audible de Diana, elle prenne dans sa bouche l'un de ses mamelons. La gorge de Diana se noua, la suavité de la bouche de Lane lui était presque douloureuse. Lorsque Lane finit par s'écarter, ce fut pour dégrafer son propre pyjama et poser ses seins sur ceux de Diana, et poser sa douceur sur la douceur de Diana.

Celle-ci prit les seins de Lane dans ses mains, se réfugia dans la sensation moelleuse, ses lèvres sillonnant leur ronde opulence. Une idée inattendue la traversa soudain : pas étonnant que les hommes soient fous des femmes. Sa langue goûta un téton, s'en régala en prenant son temps ; elle le sentit se gonfler et durcir sous le tourbillon de ses assauts subtils, au son grave du murmure de Lane, qui tressaillait tandis qu'elle maintenait la bouche de Diana contre elle. Elle se remit à embrasser les seins de Diana. À un moment, elle chuchota :

— Tu veux que j'arrête ?

Emportée par le plaisir, Diana répondit :

— Non, c'est merveilleux.

Lane déposa des baisers sur son visage, sa gorge, ses clavicules. Des mains comme des ailes vagabondèrent sur son corps, fondirent sur ses hanches ; des mains chaudes sous lesquelles naissaient le désir ; des mains brûlantes sur ses jambes. La bouche de Lane revenait sans cesse sur sa poitrine. Le bout des seins électrisé par cette langue, le plaisir emportait Diana par vagues successives, elle en était emplie comme d'un sirop doux, lent et dense.

Un frôlement entre ses cuisses lui coupa le souffle. L'excitation et l'envie la saisirent en même temps et convergèrent pour plus d'intensité, de force. Elle se pressa violemment contre Lane, la respiration saccadée, et tout son corps frémit. Des doigts commencèrent à lui retirer son pantalon.

— Non…

Sa voix s'étrangla. Pour s'arracher à Lane, elle dut lutter contre le désir qui l'enflammait et la faisait trembler. Elle se coucha sur le ventre, hors d'haleine, le cœur battant la chamade :

— Je ne peux pas… Je n'ai… Je ne suis pas…

— Ne te justifie pas, Diana.

— Lane, je…

— Ne te justifie pas.

Elle sentit Lane quitter le lit et, quelques secondes plus tard, elle entendit coulisser la porte de l'autre chambre. Elle resta étendue, en silence. Respirer lui faisait mal. Petit à petit, le désir se transforma en une douleur vague qui ne disparut pas complètement mais, épuisée, elle finit pourtant par s'endormir.

Diana s'éveilla en entendant prononcer son nom. Lane avait déjà revêtu sa combinaison de ski. Crispée, elle s'assit au bout du lit :

— Je t'ai laissée dormir aussi longtemps que possible, murmura-t-elle. Le petit déjeuner est presque prêt et Liz sera vexée si tu ne montres pas suffisamment d'enthousiasme pour ses talents de cuisinière.

Elle lui adressa un sourire las. Le besoin de la prendre dans ses bras, de la caresser, de la rassurer submergea Diana, une envie si vive qu'elle dut serrer les poings de toutes ses forces. Elle dit avec difficulté :

— Je ne rentrerai pas ce soir.

— Non, supplia Lane en fermant les yeux.

— Il le faut. Je n'arrive même pas à… être dans la même pièce que toi. Je ne peux pas…

— J'ai compris.

Lane se leva, se dirigea vers l'échelle et disparut sans un regard.

À la table du petit déjeuner, Diana se força à manger. Lane et elle se taisaient, mais les autres ne semblaient pas le remarquer, absorbées par leur conversation.

— À propos, Liz, dit Diana d'une voix que même

elle trouva bizarre. Ce soir, je vais rester en ville, pour dîner avec Vivian et John, et…

Liz leva la main :

— D'accord, d'accord, pas de problème. Je te donnerai une clé. Si tu rentres vraiment tard, tu n'auras qu'à dormir sur le canapé. Parce que Lane a beau être délicate et sensible, elle aura sans doute relevé l'échelle.

Elle eut un grand sourire. Au prix d'un effort douloureux, Diana parvint à sourire aussi. Elle savait que Lane la regardait.

Après le petit déjeuner, Diana se posta près de la fenêtre, envahie par de vifs souvenirs, le corps faible et brûlant. Elle vit Lane ranger son équipement de ski dans le break de Liz. Le vent souleva ses cheveux dorés quand elle se tourna vers le chalet. Elle l'aperçut et la fixa un instant, une main en visière devant les yeux. Finalement, elle fit volte-face et s'installa sur son siège.

Un moment plus tard, Diana était assise au volant de sa voiture, dans le parking du Harrah. Elle sourit amèrement en repensant aux réponses faciles qu'elle s'était formulées la veille. Elle sortit en se disant que dorénavant, tout était encore plus simple : elle ne reverrait plus jamais Lane Christianson. Et cette folie disparaîtrait d'elle-même.

En pénétrant dans le casino, elle se répétait à l'infini : *Je ne suis pas lesbienne. Je ne suis pas lesbienne. Absolument pas.*

Elle trouva Vivian au Harvey. Celle-ci lui lança un regard angoissé :

— Diana ! Qu'est-ce qui t'arrive ?

— Rien, mentit Diana, mal à l'aise.

— Mais arrête, je vois bien qu'il se passe quelque chose. Je te connais par cœur. Allez, dis-moi ce qu'il y a.

Elle répondit mentalement : *Il y a une femme qui me brûle quand je la regarde et qui me consume quand elle me touche*… Elle ébaucha un sourire à l'idée de la réaction qu'aurait Vivian.

— Liz t'en a encore fait voir ? Elle m'a parlé de sa petite crise de l'autre soir, elle m'a avoué qu'elle avait été horriblement désagréable.

— Liz est formidable.

— Tu ne peux pas savoir comme elle s'en veut. C'est à cause de Jack, c'est ça ? Tu as encore passé une nuit de merde à cause de cet idiot, de ce pauvre…

Soulagée, Diana l'interrompit :

— On ne peut rien te cacher.

— Je pensais que venir ici t'aiderait à l'oublier, je croyais dur comme fer que c'était une bonne idée.

— Une excellente idée, sans aucun doute, ironisa Diana.

Elle s'efforça de se concentrer sur le Black-jack, mais en vain. Alors elle erra dans le casino, observant les femmes autour d'elle, s'attardant sur les plus séduisantes. Elle les regardait fixement, les imaginait en train de la caresser, de l'embrasser. Cela ne provoqua pas la moindre réaction en elle. Amère victoire. Elle ne s'attendait pas à autre chose.

Elle réfléchit aux amitiés étroites qui l'avaient liée à des femmes au cours de sa vie. Enfant, il lui était arrivé de passer la nuit chez des copines et elle avait vécu une amitié très intense avec Margaret Benjamin, à quatorze ans. Ce qui ressemblait le plus à une liaison lesbienne, c'était sans aucun doute la relation qui l'avait unie à Barbara Nichols. Durant l'année et demie qu'elles avaient passé ensemble, elle avait souvent vu Barbara nue… mais sans autre sentiment que la satisfaction coupable de constater que son propre corps était plus beau que celui de l'autre. Elles avaient dû se toucher, évidemment, mais elle ne se souvenait pas d'une situation en particulier, ni d'aucune émotion inhabituelle.

Avec un certain malaise, elle se rappela soudain combien elle avait aimé vivre avec Barbara. Les soirées en l'agréable compagnie d'une personne qui comprenait ses états d'âme et ses besoins, qui savait soulager ses doutes et ses déprimes. Puis elle avait rencontré Jack et Barbara s'était mariée. Elle avait déménagé à Phoenix. Mais en effet, cela lui avait fait du bien de vivre avec elle. Diana conservait le souvenir d'une période paisible, pendant laquelle Barbara avait pansé les plaies ouvertes par ses années de mariage chaotiques et destructrices : elle l'avait aidée à cicatriser.

Elle entra dans l'espace réservé à la loterie, songeant à un roman qu'elle avait lu peu de temps auparavant, *Mort à Venise*. Elle réfléchit au sort d'Aschenbach qui, après de longues années d'une vie obéissant aux conventions, devenait soudain la proie d'une obsession pour un bel adolescent. Diana en conclut qu'elle devait s'éloigner de Tahoe, que c'était là le seul moyen de se débarrasser d'une telle aberration.

Elle commença distraitement à remplir une grille de loterie. Soudain, la colère s'empara d'elle et gagna rapidement en intensité. Elle n'avait rien fait pour mériter ça, elle ne l'avait pas cherché. La douceur de Lane lui avait plu. Voilà tout. Et la veille, elle avait souhaité retrouver cette douceur. Mais Lane l'avait transformée en autre chose, Lane s'était employée à augmenter son désir. Tout à coup, une idée paralysa Diana : Lane avait eu des amantes. Elle analysa les preuves dont elle disposait, tout en gribouillant nerveusement sur sa grille. D'abord, Lane n'avait pas eu le moindre geste pour empêcher le rapprochement que Diana avait recherché le premier soir. Ensuite, la dimension sexuelle croissante, l'incroyable plaisir qu'elle avait ressenti la nuit précédente... Lane savait comment toucher une femme, comment lui donner du plaisir. Enfin, elle habitait à San Francisco, une ville où vivaient beaucoup de femmes qui aimaient coucher avec des femmes.

Comment avait-elle pu être aussi idiote ? Elle se rappela encore Lane encourageant le papillonnage ; elle repensa à sa froideur quand elle avait admis, poussée par Liz, que San Francisco était jonché des cadavres de ses victimes. Et elle n'avait jamais été mariée. Pratique... si les cadavres en question étaient ceux d'hommes et de femmes. Elle se dit avec amertume qu'elle avait failli devenir l'une de ces victimes en moins de temps qu'il en aurait fallu à Lane pour lui ôter son pyjama. Elle froissa sa grille, en proie à une véritable fureur, et partit sans but.

Elle se retrouva dehors, où l'accueillit un radieux soleil printanier, et elle longea plusieurs pâtés de maisons, les bras serrés contre elle, le regard baissé. Elle traversa la rue et le trajet de retour vers le Harrah lui suffit à transformer sa colère en un sentiment de culpabilité. En fait, c'était elle la seule responsable de tout cela. C'était elle qui avait provoqué leur relation physique. Lane n'avait pas tenté la moindre approche. Elle n'était pas du genre à faire le premier pas. Non, Diana avait tout gâché, elle seule… elle avait cherché Lane. Et elle avait ruiné la moindre possibilité d'une amitié avec cet être admirable et exceptionnel, avec qui elle s'était senti tant d'affinités, tant de points communs.

Elle s'assit à une table de Black-jack et à peine dix minutes plus tard, elle avait perdu cinquante dollars. Consciente qu'elle était en train de se flageller inutilement, elle s'en alla et vagua, envahie par de sombres pensées, se reprochant d'avoir incité une femme à poser les mains sur elle. Lane avait été honnête : elle ne l'avait pas encouragée. C'était donc elle, Diana, qui l'avait désirée. Elle rougit en se souvenant du peu d'ambiguïté et de retenue avec lesquelles elle l'avait manifesté. Elle se traita d'allumeuse, attitude qu'elle méprisait chez les autres femmes. Elle s'était mal comportée avec quelqu'un qui l'avait consolée, qui lui avait fait du bien, émotionnellement et physiquement. Elle pensa avec angoisse : *J'ai blessé une personne tendre et sensible… Et je ne la reverrai jamais.*

Elle regagna une zone de loterie, s'installa et continua à songer à Lane, le corps dévasté.

— Hou hou, la rêveuse ! appela Vivian. Si on allait au Sahara, histoire de changer un peu de décor ?

— Bonne idée.

En compagnie de son amie, toujours très volubile, les pensées de Diana reprirent un tour cruel : Lane avait parfaitement su comment s'y prendre avec elle. La douceur n'avait été qu'un rôle qu'elle avait joué, une duperie… Comme les cinq ans qu'elle avait vécus avec Jack Gordon, quand elle avait cru être la femme de sa vie.

— J'en ai assez des machines à sous, annonça Vivian. On essaye autre chose ? La roulette, qu'est-ce que tu en dis ?

— Pourquoi pas, répondit Diana avec indifférence.

Vivian perdit rapidement, éparpillant ses jetons jaunes sur le tapis de la roulette.

— Qui a eu cette idée idiote ? grogna-t-elle en se levant pour partir.

— Je vais continuer à dilapider ce qui me reste, dit Diana.

Le jeune homme qui prit la chaise de Vivian était grand, athlétique. Sous sa veste en tweed, on devinait de larges épaules. Il avait des cheveux blonds très fins. Ses traits réguliers en faisaient un beau garçon. Diana se fit la réflexion qu'il aurait pu s'agir du frère de Jack. Une version plus jeune et plus réussie. Il sourit :

— Ça se passe bien ?

Elle aima sa voix, grave et agréable, une voix de baryton. *Une voix d'homme,* souligna-t-elle pour elle-même avec mordant.

— Pas très bien, répondit-elle en le regardant

dans les yeux, qu'il avait d'un marron un peu plus foncé que Jack. J'ai l'impression que la roulette n'est pas mon fort.

— C'est juste une question de chance. Parfois, sans qu'on sache pourquoi, ce sont vos numéros qui sortent, tout simplement, comme quand on touche le jackpot.

Voyant que Diana acquiesçait, il poursuivit :

— Personnellement, il m'est arrivé de gagner. Sans blague. Je sais que tout le monde dit la même chose, mais moi, c'est vrai.

Il eut un nouveau sourire, que Diana lui rendit. Pour tester ses connaissances, elle lui demanda :

— Quelles sont les cases qui ont le plus grand pourcentage de réussite ?

— Elles ont toutes plus ou moins le même.

Il enchaîna en lui expliquant le fonctionnement du tapis, qu'elle connaissait parfaitement. Chaque fois que la roulette s'arrêtait, il lui indiquait les cases gagnantes et les gains correspondants ; Diana l'écoutait, bien qu'elle eût préféré cesser de lui prêter attention. Après quelques minutes, elle avait perdu vingt dollars. Elle se leva :

— J'ai eu mon content, mais merci pour le cours.

— Attendez. Vous ne voulez pas vous asseoir une minute ? Je m'appelle Chick Benson… Il la regarda un instant, attendant visiblement une réaction. Comme rien ne venait, il reprit : Mon vrai prénom c'est Charles, mais tout le monde m'appelle Chick. La presse aussi. Football américain.

Diana s'assit et l'étudia :

— Chick Benson, répéta-t-elle. Non, je regrette mais je ne vois pas.

— J'ai fait partie de la All-America Team il y a neuf ans. Pour l'université du Kentucky.

— Vraiment ? À quel poste jouiez-vous ?

Elle se dit qu'il n'avait pas le physique de l'emploi.

— Receveur écarté.

— Oh ! Un poste prestigieux. Pas étonnant que vous ne soyez pas une armoire à glace.

La satisfaction du jeune homme était évidente :

— Alors comme ça, vous vous y connaissez en football ?

— Un peu en football professionnel, mais pas en football universitaire.

— La plupart des femmes n'y comprennent rien.

— La seule chose que je sais sur le football universitaire, c'est que les joueurs de la All-America Team sont les meilleurs du pays. Vous devez être très fier.

— Merci. Oui, c'est quelque chose qui me suivra toute la vie. Comment vous appelez-vous ?

Diana hésita :

— Joyce Carol Oates, répondit-elle en pensant au dernier roman qu'elle avait lu.

Un homme barbu assis de l'autre côté pouffa de rire.

— Vous utilisez les deux prénoms ?

— Vous pouvez m'appeler Joyce.

Le barbu ricana de nouveau.

— Si on allait prendre un pot ? J'aimerais vous inviter.

Elle l'observa brièvement. Oui, il ressemblait beaucoup à Jack. Et puis cela faisait un quart d'heure qu'elle n'avait pas pensé à Lane Christianson. C'était déjà ça.

— D'accord.

Elle s'assit en face de lui dans un bar frais et tranquille, juste à côté du casino. Elle suivait Chick Benson quand elle avait croisé le regard de Vivian, qui avait hoché la tête vigoureusement avec un grand sourire approbateur. Diana avait réprimé son propre sourire à l'idée du peu d'effet que produirait sur son amie d'apprendre que ce garçon avait été receveur dans la All-America. Diana devrait commencer par lui expliquer ce qu'était la All-America Team et, ensuite, ce qu'était un receveur écarté. Vivian soupirerait et conclurait : « Encore un athlète à la noix, un gars immature qui joue à des jeux stupides. » À sa décharge, son premier mari était si obsédé par le sport qu'il en négligeait tout le reste, y compris Vivian.

Tandis qu'ils prenaient un verre en regardant les gens qui entraient et sortaient du casino, elle lui demanda :

— Pourquoi n'es-tu pas passé professionnel ?

— Oh mais si, j'ai joué chez les pros, répondit-il sur un ton mélancolique.

Et il se lança dans un récit interminable : la sélection par les Eagles de Philadelphie, la blessure aux ligaments pendant le stage d'entraînement, le banc des remplaçants, les visites médicales, l'abandon, les essais pour se faire engager dans d'autres équipes. Avec une amertume croissante, il lui parla de promesses qui n'avaient pas été tenues, de la gestion malavisée de la National Football League, de l'évaporation de l'opportunité qu'il méritait pourtant après avoir fait partie de la All-America.

C'était l'histoire d'un rêve brisé à tout jamais et Diana l'écoutait avec sollicitude, lui posant des questions, l'invitant à exprimer ce qu'il avait ressenti, émue par sa douleur.

Enfin, ils changèrent de sujet, pour une conversation plus légère. Il lui apparut sous un jour agréable, plutôt attachant. Ce n'était pas une lumière, mais au moins, il était séduisant. De plus en plus euphorique, elle se rendit compte qu'il lui plaisait et elle décida de faire abstraction du reste. Elle aimait son corps, ses gestes vifs et masculins, son visage, sa voix. Elle aimait les hommes. Elle les trouvait attirants. Peut-être était-elle en train de guérir de cette aberration, comme on guérit d'une mauvaise grippe. Ça n'avait été qu'une obsession passagère… Une Diana Holland schizophrène et irréelle, affaiblie par le désir en présence de Lane Christianson.

— Tu rentres quand à L. A. ? demanda Chick.

Lui aussi vivait à Los Angeles. Il habitait à Marina del Rey, où il était représentant en aciers.

— Jeudi. Et toi ?

— Demain, répondit-il avec regret. Je me suis vraiment éclaté pendant mon séjour. J'adore skier. C'est génial. Tu devrais essayer.

— C'est ce qu'on m'a dit.

— Si on montait boire un dernier verre dans ma chambre ?

— Allons plutôt jouer encore un peu au Blackjack.

Ils tombèrent sur une autre croupière sympathique qui leur distribua de bonnes cartes, de sorte qu'ils passèrent des heures à la table de jeu, à rire et plaisanter. Diana gagna soixante dollars. Plus prudent au moment de miser, Chick n'en rafla que vingt.

— Alors, que penses-tu de l'idée de ce verre ?

Elle jeta un coup d'œil à sa montre :

— J'ai rendez-vous avec des amis dans quelques minutes pour dîner. Tu restes dans le coin ? Je pourrais t'appeler. Disons… à 20 h ?

— Chambre 1449. C'est vrai, Joyce, tu vas m'appeler ?

— Aussi vrai que je m'appelle Joyce Carol Oates.

Elle dîna avec Vivian et John au Summit, le restaurant situé au dernier étage du Harrah. Elle put contempler le lac Tahoe et la Sierra Nevada depuis leur luxueux box tapissé de cuir blanc, à l'éclairage tamisé qui accentuait l'ambiance romantique. Elle assista au spectacle d'un coucher de soleil qui fit taire Vivian en personne. Quand elle s'aperçut qu'elle était en train de penser à Lane et à sa réaction devant un panorama aussi majestueux, elle la chassa immédiatement de ses pensées et se concentra sur la conversation de Vivian et John. Celui-ci avait passé un bras autour des épaules de Vivian, et Diana se dit que son amie devait être gênée qu'il le fasse en sa présence. Elle soupçonnait John de se pavaner, de jouer le petit coq flanqué d'une femelle comblée et heureuse, faisant étalage de ses prouesses sexuelles devant une pauvre femelle solitaire. Diana s'en voulut de nourrir de pareilles idées ; après tout, John l'invitait dans un restaurant extrêmement cher. Mais voilà, il avait le don de faire ressortir ce qu'il y avait en elle de plus cynique et mesquin. Était-elle jalouse – inconsciemment – parce qu'il faisait l'amour avec Vivian ? Elle but une gorgée et sourit, amusée. Non, le problème se résumait à ceci : John était un idiot, point final.

Elle aurait peut-être dû amener Chick, pour éviter de se sentir la cinquième roue du carrosse. Mais Chick n'était pas particulièrement intéressant et avec John, ils auraient passé la soirée à parler de sport, au grand dam de Vivian.

Diana sirotait son vin, les yeux perdus par la fenêtre, n'écoutant son amie que d'une oreille. Elle se demandait si elle devait rejoindre Chick. Il allait de soi qu'elle n'avait pas l'intention de monter dans sa chambre, mais ils pouvaient quand même boire un verre, aller au casino… Elle n'était pas très sûre de ce qu'elle voulait faire, ou de ce qu'elle avait besoin de faire.

Le ciel s'obscurcit. Pendant qu'ils finissaient de dîner, les bords du lac se constellèrent de lumières. Le restaurant devint intime, mystérieusement romanesque. La silhouette d'une femme habillée en noir qui venait d'entrer retint son attention, une femme grande et svelte, blonde, aux mouvements élégants. Le souvenir du visage de Lane dans ses paumes la pénétra ; elle se rappela si bien les mains et la bouche de Lane que le désir saisit son corps en un tremblement d'excitation.

Elle souleva son verre. Si ce qu'il lui fallait, c'était une partie de jambes en l'air, ça pouvait toujours s'arranger.

Elle appela Chick Benson de la réception du Sahara.

— Joyce, c'est toi ?
— Je t'avais dit que je t'appellerais.
— J'étais persuadé que tu ne le ferais pas.
— Pourquoi ?
— Je pensais que tu ne le ferais pas, c'est tout. Tu veux monter ?

Elle le rejoignit dans sa chambre. Il buvait de la vodka avec du Seven-Up :

— Ça ira ou tu veux qu'on commande autre chose au service d'étage ?
— Non, ça me va.

Il lui prépara un verre qu'il lui tendit. Puis il l'enlaça et lui donna un léger baiser :

— Pour que tu voies que je suis un bon garçon, dit-il en la lâchant.

Elle but une gorgée. Le goût sirupeux et la quantité de vodka la firent frémir. Par la fenêtre, elle contempla les sapins, leurs formes obscures rehaussées par le blanc resplendissant des montagnes.

— Je savais déjà que tu étais un bon garçon.
— Bien... Il l'embrassa, poussant sa langue dans sa bouche. Elle s'écarta, agacée. Il éteignit la télévision et alluma la radio près du lit : C'est mieux avec un peu de musique. Dis-moi, tu es féministe ?

La question la surprit :

— Pourquoi tu me demandes ça ?
— Par curiosité. J'aime connaître l'avis des femmes là-dessus.
— Eh bien, oui, sans doute. Je soutiens les droits des femmes, en tout cas. Et toi ? interrogea-t-elle, encore médusée.
— Bien sûr.

Il la rejoignit en une enjambée et la prit dans ses bras. Il l'embrassa. Sa langue fouillait l'intérieur de sa bouche, et il la plaqua brutalement contre lui. Dégoûtée, elle se libéra, décidée à s'en aller. Mais il renoua son étreinte.

— Mignonne comme t'es, t'as pas l'air d'une féministe, toi. Mais de nos jours, on peut plus savoir. Elles montent dans ma chambre et après, elles croient qu'elles savent mieux que moi comment je dois me servir de mes couilles. La plupart de ces nanas, c'est rien que des gouines.

Il lui enleva ses vêtements lentement, avec soin. Les mains sur ses épaules, sur son torse, elle essayait d'éprouver du plaisir aux caresses et aux baisers qu'elle recevait. Il la conduisit jusqu'au lit et se déshabilla. Il explora le corps de Diana :

— Tu es superbe. Très jolie.

Quand il recommença à l'embrasser, Diana s'agita, mal à l'aise. Il interpréta cela comme une manifestation d'excitation et s'ouvrit hâtivement un chemin entre ses jambes, se frottant contre elle sans la pénétrer.

— Non ! s'étrangla-t-elle. Horrifiée, elle se débattit et lui frappa le dos.

— Mais si, tu veux.

Il lui bloqua les mains et la pénétra tout en l'embrassant. Elle dégagea sa bouche et gémit sous ses coups de boutoir. Il appuya son visage dans le cou de Diana. Son souffle chaud la brûlait. Lorsque brusquement, il accéléra le rythme, elle fut prise de nausées et, au désespoir, elle parvint à articuler :

— Je ne prends rien !

— Tu quoi ? bredouilla-t-il. Merde, merde, c'est

pas vrai, tu es conne, merde… Son corps trembla et il se retira. L'instant d'après, en sueur et hors d'haleine, il s'effondra sur elle, puis finit par rouler sur le côté : Merde ! T'aurais pu me prévenir avant, Joyce. Pourquoi t'as pas… ? T'es catholique ou quoi ?

— Catholique, murmura-t-elle, les yeux fermés.

Il lui avait inondé le ventre.

— Si tu m'en avais parlé, on aurait pu se débrouiller autrement. Enfin, bref, ce qui est fait est fait. Et puis tu vas pouvoir raconter à tes copines que tu t'es tapé un joueur de la All-America.

Quand Diana rouvrit les yeux, elle vit qu'il souriait.

— On a besoin d'une bonne douche. Surtout toi, Joyce. À moins que tu ne veuilles garder ce que tu as sur le ventre en souvenir. On y va ensemble ?

— Non. Euh… si tu y allais le premier ? J'ai besoin de quelques minutes pour… reprendre mes esprits. Tu sais comment sont les femmes…

— Oh ! Oui, bien sûr.

Elle attrapa la taie d'un oreiller et se frotta le ventre de toutes ses forces ; après quoi elle se rhabilla à toute vitesse, frénétiquement, en écoutant le bruit de la douche. Contre toute attente, il apparut, dégoulinant, une serviette nouée autour des reins.

— Je me doutais que tu aurais peut-être l'idée de filer. Je peux faire mieux, tu sais. Écoute, si on descendait ? Je vais acheter des préservatifs. Passe la nuit avec moi, Joyce. Je saurai te donner beaucoup de plaisir… Il s'approcha de Diana, qui se dirigeait vers la porte : Tu verras, tu vas adorer. Reste avec moi !

Elle ouvrit la porte avant de répondre :

— Je préfère encore devenir une féministe gouine.

Quelque chose s'écrasa contre le panneau de bois avec un coup sourd à l'instant où elle claquait la porte. Elle dévala l'escalier à toute vitesse, soudain saisie par la peur qu'il la poursuive, avec sa serviette sur les reins. Qu'avait-il jeté contre la porte ?

Elle chercha Vivian, la trouva avec John ; ils étaient au Harrah, devant une table de Craps.

— Il faut que je te parle, lui dit-elle tout bas. C'est très urgent.

Vivian la regarda. Sans un mot, elle la prit par le bras et la conduisit près des machines à sous inoccupées.

— J'ai vraiment besoin que tu me rendes un service. S'il te plaît, prête-moi ta chambre pour prendre un bain.

Vivian la dévisagea :

— Tu n'as pas l'air bien, Diana. Tu te sens mal ?

Diana parvint à sourire faiblement :

— Le viol consenti, ça existe ?

— Bien sûr, ça s'appelle le mariage. Mais qu'est-ce que tu racontes ? L'observant plus attentivement, elle fut prise de panique : Oh, mon Dieu, tu n'as pas…

— S'il te plaît, Viv…

— Tu l'as fait à cause de ce que je t'ai dit ? Je ne me le pardonnerai jamais.

— Non. Non. Pas du tout. Mais je vais mourir si je ne me lave pas.

— Il ne vaut pas mieux que je te reconduise au chalet ?

— Non. Je dois le faire tout de suite. S'il te plaît.

— D'accord. Je vais raconter à John que l'altitude te donne mal au cœur ou un truc comme ça.

Vivian l'accompagna jusqu'à sa chambre.

— Tu devrais retourner en bas, dit Diana. J'ai besoin d'être seule. Tu peux m'accorder une heure ?

— Bien sûr. Bien sûr, ma poulette, répondit Vivian en la serrant affectueusement dans ses bras.

Vivian à peine partie, Diana se dirigea vers la salle de bain, s'autorisant enfin à penser à Chick Benson. Elle se pencha et vomit. Des haut-le-cœur continuèrent à l'assaillir et son estomac à être secoué de spasmes pendant plusieurs minutes. Elle se rinça avec un bain de bouche puis fouilla dans la trousse à maquillage de Vivian et dans sa valise. Elle trouva une brosse à dents jetable, dont elle se servit avant de la mettre à la poubelle. Ensuite, absente à elle-même, elle monta le nécessaire à douche vaginale de son amie et l'utilisa. Cela fait, elle ouvrit les robinets de la baignoire qu'elle remplit jusqu'à la moitié. Elle s'y plongea et laissa couler l'eau chaude jusqu'au bord, jusqu'à ce que son corps soit presque ébouillanté. Elle se frotta la peau à avoir mal.

Elle vida ensuite la baignoire et l'emplit de nouveau d'eau tiède jusqu'à la moitié. Elle s'y glissa. Là seulement, elle laissa ses pensées dériver vers Lane, vers les bras de Lane, jusqu'à ce que, peu à peu, les nausées et les frissons disparaissent.

Une fois habillée, elle s'assit sur un fauteuil, dans l'obscurité, face aux lumières de l'autoroute. Elle réfléchit calmement, sans passion.

Diana Holland, tu as tout gâché. Tu as permis à une brute de te faire ça, et tu ne veux pas qu'une femme tendre et sensible – pour qui tu as des sentiments – fasse ce dont vous avez envie toutes les deux. Comme si refuser un acte empêchait le désir que tu en as ! Si tu avais fait l'amour avec elle hier soir, serais-tu moins une personne pour autant ? Moins femme ? C'est quelqu'un d'extraordinaire, et elle est très belle. Non seulement ça pourrait être pire, mais tu as déjà fait pire : par exemple en permettant à un ivrogne de poser ses sales pattes sur toi pendant quatre ans dans le cadre des liens sacrés du mariage. Par exemple en supportant qu'un homme te trompe pendant cinq ans. Par exemple ce soir. Qu'est-ce qui te fait peur, Diana Holland ? Tes sentiments ? Ce que pensent les autres ? Où est ton courage ? Ton intégrité ? Et ton amour-propre ? Qu'est-ce que ça peut te faire, avec combien d'hommes ou de femmes elle a couché ? Est-ce qu'elle, elle s'est préoccupée du nombre d'amants que tu as eu ? C'est toi qu'elle voulait. Et tu n'as plus qu'à espérer qu'elle veuille encore de toi.

Elle retrouva Vivian, attira son attention de loin et lui envoya un baiser. En traversant le parking, elle enfonça les mains dans les poches de son manteau et y découvrit un morceau de bristol. Elle s'arrêta sous un réverbère pour y jeter un coup d'œil. C'était la carte de visite de Lane. Elle regarda au verso où étaient imprimés une adresse à San Francisco et un numéro de téléphone. Elle resta immobile, examinant la carte, les lettres, sans cesser de la retourner entre ses doigts. Elle remarqua une tache d'encre sous le numéro de téléphone, Lane avait de toute évidence commencé à écrire quelque chose avant de se raviser. En effet, il n'y avait rien à ajouter. En lui donnant cette carte, elle avait tout dit.

Avec l'impression de sentir de nouveau sur sa peau le frôlement des doigts de Lane, elle la rangea dans sa poche et se dirigea vers sa voiture.

En arrivant au chalet, elle aperçut Lane par la fenêtre. En pantalon foncé et pull bleu, elle était assise dos à la cheminée, les mains autour des genoux. Elle regardait vers la porte, mais les reflets sur la vitre l'empêchaient de voir à l'extérieur. Diana savait qu'elle avait entendu le bruit de la voiture.

— Étant donné ce que tu nous avais annoncé, je m'étais imaginé que tu rentrerais bien plus tard que ça, lui lança Liz dès qu'elle franchit le seuil.

— Je me suis rendu compte que je préférais être ici, répondit-elle avant de fixer Lane.

Son pull rehaussait le bleu de ses yeux. Ils étaient terriblement cernés.

— Tu continues à gagner davantage que tu ne perds ? demanda Chris.

— Oui, je suis toujours en positif et si je ne commets pas d'erreur, je le resterai jusqu'à mon départ.

— Mais comment tu fais ? interrogea Madge sur un ton acerbe.

— La chance.

— Je suis ravie que tu sois là, déclara Liz. Ça te dit, un duel au Scrabble ?

Liz, Madge et Chris étaient assises autour de la petite table basse. Millie jouait vaguement de la guitare.

— Vous en avez déjà une en cours. En plus, je voudrais prendre une douche.

Elle commençait à avoir la chair de poule à mesure qu'un souvenir importun se frayait un chemin dans son esprit.

— On a terminé, dit Madge en bâillant. Chris et moi allions nous coucher. On est sur les rotules.

Liz insista :

— Lane et Chris viennent à peine de se doucher, alors il va falloir que tu attendes une demi-heure pour que le ballon refasse de l'eau chaude.

Lane n'avait pas dit un mot ni fait le moindre geste. L'inquiétude étreignait Diana :

— D'accord.

— Tu veux un verre de vin ? demanda Lane en se levant.

— Il nous en reste ?

Elle était soulagée et reconnaissante, songeant qu'un peu de vin ferait le plus grand bien à son estomac vide.

— Oui. Il nous en reste.

En prenant le verre que lui tendait Lane, leurs regards se croisèrent. Elle frôla ses doigts. Lane lâcha le verre très lentement.

Liz préparait le Scrabble. Lane retourna près du foyer et reprit sa position, une jambe pliée et une main abandonnée sur le genou.

— Bon, je ferais mieux d'aller dormir aussi, annonça Millie en rangeant sa guitare dans son étui.

— Je vais m'asseoir de ce côté de la table, pour profiter de la vue sur le feu, dit Diana à l'intention de Liz.

Elle regarda Lane, dont les lèvres ébauchèrent un sourire.

Diana formait des mots avec ses jetons et levait les yeux de temps en temps, sûre chaque fois de rencontrer ceux de Lane, rendus bleus par le bleu foncé de son pull. Et quand elle les baissait de nouveau sur le jeu, elle sentait tout ce bleu l'envelopper, réchauffer sa peau, son corps, son sang…

Lane se tenait près de la fenêtre lorsque Diana gravit l'échelle. Elle ne bougea pas quand elle la remonta et ferma la trappe.

— Je n'ai pas vu qui avait gagné la partie.

— Moi non plus, répondit Diana en s'approchant d'elle.

Lane lui prit les mains et murmura :

— Diana… Je suis si heureuse que tu sois revenue. J'ignorais que… Je ne voulais pas te blesser…

— Je sais.

— Je pensais… Hier soir, ta réaction m'a semblé… Tu es quelqu'un de très sensible. J'ai cru que ce qui se passait entre nous, toi aussi, tu en avais envie.

— Tu avais raison. Mais les femmes sont parfois un peu compliquées, ajouta Diana avec un petit sourire.

— Oui… Lane sourit à son tour et dans la pénombre de la chambre, ses dents brillèrent. Elle caressa les doigts de Diana : Cette nuit, il ne se passera rien dont tu n'aies pas envie.

Diana la regarda droit dans les yeux pour répondre en détachant ses mots :

— J'ai envie de tout ce qui pourrait se passer cette nuit.

Dans les bras de Lane, son corps se détendit, se livra totalement. Lane la serra fort et dit, d'une voix presque imperceptible :

— Tu ne me laisses jamais le moindre doute, c'est bien une femme que je tiens contre moi.

Diana supplia dans un souffle :

— Serre-moi.

La chaleur gagnait tout son être, et avec elle un sentiment de paix. La fenêtre vibra sous une forte rafale de vent, les sapins s'agitèrent et gémirent. Diana frissonna et sentit Lane resserrer encore son étreinte.

— Viens te coucher. Je vais te garder contre moi jusqu'à l'aube… Une violente bourrasque fit trembler de nouveau la fenêtre et le chalet grinça. Assise au bord du lit, Lane reprit : Le vent… est déchaîné. J'ai allumé le chauffage pour que nous n'ayons pas froid… Sa voix trahissait son trouble tandis qu'elle déboutonnait le pyjama de Diana : Je meurs d'envie de te regarder.

Quand Diana fut nue, elle se sentit ardente et vulnérable sous les yeux de Lane, qui chuchota :

— Tu es encore plus belle que dans mon imagination.

Diana oublia sa propre nudité en déshabillant Lane, gracieusement assise, abandonnée et patiente. Elle prit son temps pour faire glisser le haut de son pyjama, s'arrêtant souvent et longuement pour se repaître de sa beauté. Elle s'emplissait de ses courbes sveltes, des tons cuivrés de sa peau, de la rondeur parfaite de ses seins menus, dont la pointe durcissait par l'effet de son seul regard. Avec timidité, hésitation, elle tira le pantalon de Lane sur ses hanches, les yeux sur le petit mont de fin duvet blond, les lignes fermes, athlétiques, de ses cuisses et de ses mollets. Diana s'étendit en silence, et lui prit les mains.

— Tu veux que j'éteigne ? demanda Lane en se penchant sur elle.

— Non.

— Moi non plus.

— Je ne me lasse pas de t'admirer…

Diana l'attira vers elle. Vaguement, elle crut percevoir un son inarticulé. Des lèvres frôlèrent son oreille, une haleine tiède, un soupir.

— De la soie… précieuse, vivante…

Au creux de ses bras, le long de ses jambes, sur chaque parcelle de son corps en contact avec la femme qu'elle tenait contre elle, Diana découvrit une délicieuse sensation de moelleux, qui l'envahit et la stupéfia. Étrangement désorientée, ce fut pour entendre le son de sa propre voix qu'elle prononça :

— Lane.

Lane lui souleva la tête et la regarda :

— Ça va ? demanda-t-elle tendrement.

Diana posa les mains sur ses épaules nues, où elles se promenèrent. Elle plongea dans les yeux que les ombres de la chambre et le faible éclairage de la lampe rendaient gris-bleu foncé. Elle pensa : *C'est ton corps que je sens.* Découverte qui la transperça et rendit le désir plus impérieux. Elle répondit :

— Oui.

Et quand elle attira la bouche de Lane vers la sienne, le miel des cheveux blonds coula entre ses doigts. Elles s'embrassèrent longtemps, très lentement, sans cesser de se caresser. Éblouie, Diana explora la peau de Lane, aspira son odeur, couvrit de baisers sa gorge et le haut de sa poitrine. Lane chercha ses lèvres. Ses mains brûlantes, lascives s'attardaient sur le corps de Diana et elle se mit à l'embrasser partout, au hasard, en douces moiteurs. Diana entendit un balbutiement rauque :

— Oh, mon Dieu… c'est magique…

Des mains aériennes lui caressaient les seins en même temps que Lane leur donnait de langoureux baisers. La plus suave des grêles s'abattit sur ses mamelons, et Diana succomba en tremblements et soupirs de plaisir.

De nouveau les caresses de Lane l'enveloppèrent tout entière. La passion la consumait, elle s'agitait et se cambrait sous les mains qui l'exaltaient. Elle perçut le souffle de Lane accéléré par l'excitation. Sans plus de retenue, celle-ci la serra avec force, pressa son corps contre le sien, l'embrassa avec un désir éperdu. Diana inspirait profondément, vibrant de sensations, et elle gémit quand une main s'insinua entre ses cuisses.

— Diana… Oh…, murmura Lane contre ses dents.

Sa main la recouvrait, ses doigts glissaient délicatement dans son humidité. Électrisée, Diana s'arc-bouta, frémit, cessa de respirer. Lane s'interrompit et, une seconde plus tard, ses cheveux tombèrent en cascade sur les jambes de Diana, qui haleta et se raidit quand elle sentit la bouche de son amante remplacer ses mains. Lane poussa un cri étouffé et sa douceur paralysa Diana, l'ivresse la fit fondre. Son corps tendu et palpitant s'ouvrit peu à peu, complètement, comme une fleur. Il s'emplit d'extase, devint extase jusqu'à la moelle des os, une extase qui culmina avec une telle intensité que Diana se figea un instant, puis se contracta violemment. Une secousse traversa ses hanches et l'orgasme l'embrasa.

Étendue contre Lane, elle s'efforçait de reprendre haleine, le cœur battant follement. Noyée dans les cheveux de Diana, Lane susurra :

— Diana.

Et elle répéta son prénom cent fois, mille fois…

Au souvenir de la présence des autres femmes en bas, Diana déglutit et recouvra la parole pour demander :

— Je n'ai pas fait trop… Tu crois qu'on a pu… m'entendre ?

— Non, répondit Lane, la voix éraillée. Rien que moi.

Une exquise lassitude avait envahi Diana, enfin apaisée. Elle se redressa et ferma les yeux pour jouir en pensée de la beauté du corps qu'elle caressait, de la sculpture qui répondait à ses mains. Elle s'arrêta de longues minutes sur l'extraordinaire tendreté des seins qui cédaient sous ses doigts pour reprendre aussitôt leur symétrie sensuelle. Elle flatta aussi ses poils blonds duveteux, non pas pour éveiller le désir, mais pour inscrire leur texture sur sa propre peau. Puis ses mains descendirent avec retenue sur ses jambes, ses mollets, ses chevilles et ses pieds. Diana pensa : *À présent, je possède ta beauté et je la garderai toujours en moi.* Elle s'allongea près de

Lane et regarda ses yeux gris-bleu, où elle crut déceler une interrogation. Elle y répondit :

— Tu sais que tu es très belle.

— Je le sais seulement si tu me le dis, toi. J'ai besoin que ce soit toi qui me le dises. Toi.

Émue par l'abandon qu'il y avait dans ces mots, soulevée par une vague de tendresse, Diana chuchota :

— J'espère que je vais savoir te le montrer.

C'est avec une excitation croissante qu'elle se consacra voluptueusement à Lane, goûtant à petits coups de langue ses seins, ses creux gracieux, attentive à ses réactions, très différentes des siennes : la tranquillité de son corps, le plaisir trahi par son souffle, ses mains agrippant la tête de Diana pour la retenir contre sa bouche. Diana la caressa avec ses cheveux, puis avec ses seins, qu'elle pressa, encastra dans son corps, guidée par les gémissements du plaisir qu'elle lui donnait.

— Tu es belle. Tu es si belle… Chaque centimètre de ton corps est splendide.

Une à une, elle embrassa ses courbes opulentes jusqu'en haut de ses jambes, ses doigts jouant timidement avec la toison pâle près de sa joue. Elle entendit la voix sourde de Lane :

— J'ai besoin de te serrer contre moi.

Diana revint vers elle et l'enlaça. Lane lui prit la main, la déplaça et referma les cuisses sur elle. Avec des halètements légers, elle fit glisser ses bras sur son amante, la saisit par les épaules, enfouit son visage dans son cou. Envahie par une profonde émotion, Diana explora son exquise suavité, l'humidité chaude qui enveloppait ses doigts. Le chuchotement de Lane était à peine distinct quand elle dit :

— Est-ce que tu peux… venir en moi ?

— Tes désirs sont des ordres… Oh… Que tu es douce, gémit Diana lorsque ses doigts délicieusement emprisonnés sentirent les tremblements du corps de Lane. Ils avancèrent en elle, la caressèrent avec langueur.

— Oui. Ah…

Lane la serra de plus en plus fort, le corps tendu et frissonnant, les hanches suivant un rythme irrégulier, puis urgent. Sa respiration s'accéléra jusqu'à ne plus être qu'un halètement désordonné. Soudain, elle s'immobilisa, rigide, et geignit contre elle. Convulsivement, elle lui planta ses ongles dans les épaules, et Diana perçut son tressaillement, elle sentit le ravissant corps de la femme qui s'agrippait si fort à elle se mettre à trembler comme une feuille sous le vent.

Le cœur de Diana martelait sa poitrine à lui faire mal quand elle enlaça Lane, une Lane qui, enfin, avait repris haleine. Elle se lova contre elle, comblée, ses cheveux blonds répandus sur les seins de Diana. Avant cela, elle était restée longtemps collée à son amante, même lorsque ses doigts l'avaient fait frémir, et elle avait refermé les jambes pour garder Diana en elle. Il avait fallu un moment avant qu'elle ne libère sa main. Impatiente de la caresser de nouveau, Diana dit :

— J'ai envie d'embrasser ton dos. Tu aimerais ?

— Mmmh…

Lane sourit et embrassa la poitrine de Diana avant de se retourner.

Diana erra sur les à-plats et les lignes gracieuses de son dos en prenant son temps, les effleurant de haut en bas, encore et encore. Elle ressentit un émoi sensuel à la courbe profonde qui précédait la rondeur de ses hanches. Elle lui donna des baisers légers assortis de bouffées d'air chaud et de petits coups de langue, souriant aux ronronnements exagérés de Lane. Elle glissa les mains sous elle, enveloppa ses seins avec un soupir de bonheur, et appuya sa propre poitrine contre Lane. Sa bouche descendit au ralenti et quand sa langue commença à lécher les minuscules poils fins au creux de sa colonne vertébrale, les mamelons de Lane avaient durci sous ses doigts.

Elle était de plus en plus excitée et elle espéra que Lane ne se retournerait pas, pour ne pas être contrainte de s'arrêter. Elle continua sa progression vers le bas. Elle enfouit son visage en feu dans un velours agréablement frais. Sa langue traçait des cercles lents dans la fine crevasse qui séparait les fesses. Lane s'essoufflait, son bassin ondulait. Le cœur battant, Diana glissa sa main dans la fine toison, où elle s'insinua avec délicatesse. Le halètement de Lane se précipita, et le rythme de ses hanches obéit à celui que lui imprimaient les doigts de Diana.

— Tourne-toi.

Inondée de plaisir et de fièvre, complètement absorbée par ses propres sensations, Diana approcha les lèvres du duvet souple, pour goûter le nectar que ses mains avaient éprouvé.

— Ah… Diana…

Émerveillée par ce goût unique, subtilement

changeant, la bouche de Diana découvrit Lane à la cadence des mouvements précipités de son amante, dont les mains la guidaient, plongées dans ses cheveux. Puis elles se figèrent. Diana perçut le violent tremblement qui agitait Lane tandis qu'elle aussi était emportée dans une extase puissante.

Les cuisses de Lane quelques instants plus tôt agitées de soubresauts étaient maintenant détendues. Elles semblaient terriblement vulnérables, palpitant à peine. Ses mains jouaient faiblement avec les cheveux de Diana. Elle était encore à bout de souffle. Comme elle voulait la serrer tout contre elle, Diana écarta tendrement sa bouche, se séparant à regret de cette odeur, de cette saveur complexe, merveilleuse. De cet océan.

Elles étaient allongées l'une près de l'autre. Lane tenait la main de Diana et l'observait en traçant pensivement des dessins sur sa paume. Pendant un long moment elle n'avait pas quitté les bras de Diana, immobile, sereine. Elle la regarda en biais et, d'une voix suave, elle interrogea :

— Tu as encore un assaut de prévu ?

— Peut-être que oui, peut-être que non, répondit Diana en souriant.

— Tu as déjà dit ça, je m'en souviens parfaitement. C'était pendant les jeux de Madge, quand je t'ai demandé si tu étais sûre de vouloir me rattraper.

— C'est la première fois que je t'ai tenue dans mes bras.

— Et ça t'a tellement plu que tu m'as laissé tomber, plaisanta Lane.

— Tu ne l'avais pas volé. Tu ne me faisais pas confiance.

— Tu as la confiance facile, fit Lane sur un ton grave. Tu es courageuse et honnête.

— Pas si courageuse que ça, murmura Diana. Je ne sais pas pourquoi tu dis ça. Toi, tu es très honnête.

— Avec toi, oui.

— Et pas avec les autres femmes ?

Lane la regarda avec un sourire amusé qui s'élargit peu à peu :

— Combien de femmes crois-tu qu'il y ait eu dans ma vie ?

— Des milliers.

Lane éclata de rire :

— Qu'est-ce qui te fait penser ça ?

— Tu sais comment me toucher.

Lane roula sur le ventre et se dressa sur les coudes pour sourire à Diana :

—Aurais-tu oublié ce que tu viens de me faire, par hasard ?

— Ça... s'est passé, simplement, répondit Diana avec difficulté.

— Oui. Mais... Comment as-tu su de quelle manière il fallait que tu t'y prennes ?

— Je... Je le savais. Tu t'es débrouillée pour que je sache. Il y avait la façon dont tu m'avais caressée, avant, et... et puis les choses que je croyais qui te plairaient... et celles que j'avais envie de faire.

— Moi aussi, il y avait des choses que j'avais envie de faire. Je voulais te donner du plaisir et je voulais... faire tout ce que j'ai fait. C'est pour ça que je savais comment te toucher... Lane se remit sur le dos et croisa les mains derrière sa nuque. Son regard se perdit par la fenêtre : Quand j'avais dix-sept ans, il y a eu une fille. Elle était en terminale, une classe au-dessus de moi. Nous sommes devenues amies. Amies, répéta-t-elle avec ironie. Je croyais que notre amitié était une espèce de don du ciel. Jamais je ne m'étais sentie aussi proche de quelqu'un, en dehors de mon père. Nous nous touchions, souvent, et nous nous prenions la main quand nous étions seules. Il n'était pas difficile de se trouver de bonnes raisons. Tu sais ce que c'est… Nous étions très intimes et personne ne comprenait combien notre amitié était particulière. Quelle idiote, quelle sotte j'ai été ! Un soir où j'étais restée dormir chez elle, nous étions dans sa chambre, assises sur son lit, en train de regarder la télévision, main dans la main. Ses parents étaient sortis. Nous l'avions déjà fait auparavant, mais cette fois-là, elle a passé un bras sur mes épaules et, soudain, nous nous sommes enlacées. Quand elle m'a embrassée, j'ai compris à quel point j'avais désiré cela depuis longtemps. Nous nous sommes déshabillées. Elle s'appelait Carol. J'étais étourdie par l'attirance sexuelle que j'éprouvais, absolument ébahie par les sensations que son corps faisait naître en moi. Aucun des garçons avec lesquels j'étais sortie, et à cette époque-là je n'étais plus vierge, aucun n'était parvenu à me faire ressentir ça. Même pas un peu. Mais il ne s'est rien passé. J'étais terrorisée. Je me suis rhabillée et je me suis enfuie. Je n'ai plus voulu la revoir ; après de nombreuses tentatives, elle a finalement abandonné. Je savais que je lui faisais beaucoup de mal, mais je savais aussi que si je me retrouvais avec elle, ça recommencerait. Et que si ça recommençait, je ne pourrais plus arrêter.

— Elle a été la seule ?

— Oui. J'ai été infiniment rassurée de tomber amoureuse de Mark, de le désirer. Ensuite, bien sûr, il y a eu d'autres hommes, nombreux… Je ne sais pas combien.

— C'est une expérience liée aux tâtonnements de l'adolescence. N'est-ce pas ce que démontre ton amour pour Mark, par la suite ?

— Dix-sept ans, c'est un peu tard pour ce genre d'expériences. Quand tu en parles, je crois m'entendre lorsque j'essayais de me raisonner, dit-elle avec un sourire fugace. Je me suis servi de tous les arguments possibles et imaginables pour expliquer mes sentiments à l'égard de Carol. Mais je n'ai rien pu faire contre une femme sans visage qui n'a plus cessé de hanter mes rêves, depuis des années.

— Il s'agit d'un fantasme assez courant chez les femmes.

— Encore une des choses que je tâchais de me dire. Toujours est-il que je n'ai plus jamais osé vivre une amitié aussi forte que celle qui vous lie, Vivian et toi. Avec les femmes, je me limite à des rapports amicaux superficiels, occasionnels, comme avec Madge. Oui, après Carol, j'ai refusé de prendre le risque qu'un tel sentiment finisse en attirance physique. Malgré ça, toi, tu m'as tout de suite attirée. Si j'ai refusé de t'accompagner au casino quand tu me l'as demandé, c'est justement parce que je te trouvais trop séduisante.

— Mais tu n'as rien fait pour me tenir à distance.

— Devant toi, je suis sans défense.

— J'étais la première, murmura Diana lentement.

— Oui. Et c'était bien meilleur que le meilleur de mes rêves.

Diana garda le silence. Elle se remémora tout ce qui s'était passé à la lumière de ce qu'elle venait d'apprendre. À la fin, elle demanda :

— Lane, pourquoi ne m'en as-tu pas parlé avant ? Hier soir, ou même ce matin.

— Je n'avais aucun droit de faire quoi que ce soit. J'avais éprouvé la même peur que toi, et je l'avais fuie pendant des années. Il fallait que tu prennes ta propre décision. Et puis ça ressemblait à une sorte de justice immanente. Tu t'éloignais de moi comme je m'étais éloignée de Carol.

— Qu'est-elle devenue ?

— Elle vit à San Francisco. Avec une femme, paraît-il.

— Tu as été très seule.

— Je travaille énormément et, je te l'ai dit, il y a eu beaucoup d'hommes... Elle marqua une pause, et reprit : Je m'en suis plutôt bien tirée tant que mon père a été en vie. Nous étions très unis. Il m'a aidée à surmonter la mort de Mark. Mais la sienne reste encore difficile à accepter. Durant une longue période horrible, j'ai perdu le goût de vivre. Mon travail m'a sauvée.

— Dommage que je ne t'aie pas connue plus tôt.

— Je ne crois pas que j'aurais laissé quoi que ce soit arriver entre nous, Diana. J'ignore si tout cela se serait produit dans d'autres circonstances... La première nuit, j'ai pensé que tu avais connu d'autres femmes. J'ai eu l'impression que tu me tendais la perche, que tu avais envie que nous nous embrassions. Tu étais tellement bouleversée après les jeux… Je voulais juste te prendre dans mes bras pour essayer de te consoler.

— Oui. Tu as été si tendre avec moi… que j'ai trouvé naturel de t'embrasser. Le lendemain, j'ai passé la journée à me demander ce que tu devais penser de moi. Et cette nuit, à ta façon de t'y prendre, je me suis imaginé que tu avais de l'expérience.

— C'est vraiment étrange, ce qui nous est arrivé. Après notre première nuit, par exemple, j'étais trop stupéfaite pour pouvoir faire autre chose que d'essayer de mettre de l'ordre dans mes sentiments. Mais je me suis rendu compte que tu étais troublée, sûrement très inquiète. J'ai essayé d'aborder le sujet quand nous avons bu un verre. Après, je n'en ai plus eu l'occasion.

— J'ai cru que tu cherchais à me faire comprendre que ça ne signifiait rien pour toi, que tu n'y accordais aucune importance.

— Ah ! Ça explique tout. Je t'ai attendue près de la fenêtre, j'avais prévu qu'on parlerait. Mais tu es allée directement au lit. Je n'arrivais pas à savoir ce que tu avais en tête, dit-elle avec un sourire. J'ai pensé que mon message n'avait pas été clair, alors je me suis jetée à l'eau.

— J'ai été complètement surprise. C'était la dernière chose à laquelle je m'attendais.

— J'aurais dû deviner. Mais je suis restée dans le brouillard jusqu'à ce que… Elle s'interrompit avant de reprendre à voix très basse : Je ne savais pas quoi dire, ni quoi faire. C'était affreux. Je ne pouvais qu'espérer que tu ne rentrerais pas à

Los Angeles, car alors tout aurait été fini. Tu as trouvé ma carte ?

— Oui. Et j'ai été très contente.

— Je n'aurais pas dû. Mais il le fallait.

— Pendant tout le trajet du retour, je n'arrêtais pas de penser que tu avais peut-être décidé de ne pas te compliquer la vie en allant retrouver l'une de ces créatures lascives dont regorge San Francisco, plaisanta Diana.

Lane sourit :

— J'ai passé un sale moment. Je suis devenue un vrai danger public sur les pistes de ski. Je tombais tout le temps, j'ai même failli rentrer dans un arbre. Je n'arrivais pas à cesser de penser à toi, à ce que j'éprouvais quand j'étais dans tes bras, quand je t'embrassais. Et toi, tu as déjà été attirée par une femme ?

Diana ne savait comment décrire ce qu'elle avait ressenti pour Barbara. Elle mit quelques instants à répondre :

— Je… une attirance physique… Non, ça ne m'a jamais effleurée… Elle leva les yeux sur Lane et ajouta : Mais toi, je ne peux pas te regarder sans te désirer.

Lane s'approcha d'elle :

— Moi aussi je te désire. Follement.

Lane ne quitta la bouche de Diana que pour se consacrer au reste de son corps, en prenant son temps. Elle l'embrassa longtemps entre les jambes et la toucha du bout des doigts. Toute parcourue de frissons, Diana finit par gémir et les caresses se firent beaucoup plus sensuelles.

Plus tard, la tête reposant sur le ventre de Diana,

Lane lui serra la main avec force :

— Sucrée. Tu es sucrée…

Diana était essoufflée. L'orgasme avait été si violent qu'elle en était encore tout étourdie. Lane avait mis ses seins entre les cuisses de Diana, elle les avait poussés en elle pour frotter ses mamelons durcis dans son humidité, elle avait soupiré et geint de plaisir. Diana avait été assaillie par de nouvelles sensations et quand ses membres s'étaient mis à trembler, la bouche de Lane était revenue, plus lente et plus experte. L'orgasme avait encore gagné en intensité : le corps de Diana s'était complètement tendu, irradiant de jouissance.

Lane se redressa et se coucha sur elle. Elles se soudèrent à la perfection. Les bras et les jambes de Diana la plaquèrent contre elle, lui tirant une plainte sourde. Elle ondula sur elle en une caresse prolongée et sensuelle, les yeux clos. Les sens de Diana étaient débordés, submergés. Lane soutint fermement le visage de Diana et, la voix altérée par le désir qui lui donnait un air grave et austère, elle dit :

— Voilà ce que je vais te faire.

Et elle embrassa sa bouche, s'y enfonça à petits coups de langue cajoleurs, tout en contenant avec une force inattendue l'agitation du corps de Diana sous elle. Ensuite, elle revint plonger ses lèvres entre les cuisses de son amante, dont le bassin se tordait, cédait, hors de contrôle, lui arrachant des cris de gorge, jusqu'à ce que l'orgasme la transperce : le corps en fusion, elle eut la sensation que même ses os se dissolvaient.

Réfugiée tout contre Lane, tremblante et les

larmes aux yeux, elle articula d'une voix mal assurée :

— Je ne pleure pas.

— Je sais.

Les lèvres de Lane effaçaient ses larmes à mesure qu'elles se formaient.

— C'est chaque fois plus…

— Je sais.

— Tu vas finir par me tuer.

— Mais non… Lane avait pris un ton sérieux et pragmatique : Tu veux dormir un peu ?

Diana lui effleura les épaules, puis glissa sur son dos jusqu'à saisir la chair voluptueuse de ses hanches.

— Non.

Elle se tourna pour venir la chevaucher et répéta :

— Oh, non…

Sa bouche trouva les seins de Lane.

Dehors, le vent soufflait avec violence et cognait à la fenêtre. Dans la chambre, le radiateur électrique émettait des cliquetis et des soubresauts.

Leur lit ne fut plus qu'un chaos : la couverture tomba à terre, il y eut bientôt des oreillers éparpillés partout et Lane, saisie par un orgasme, arracha les draps du matelas. Le plaisir que Diana découvrait dans le corps de Lane ne perdait pas en amplitude et, de temps en temps, elle était traversée par sa propre extase, lumineuse et brûlante.

Enlacées, elles étaient en train de s'embrasser quand elles entendirent les voix des autres femmes, qui leur parvenaient faiblement. Diana détourna la tête et implora :

— Ne pars pas aujourd'hui. Elle se dégagea de l'étreinte de Lane et s'assit : Ne t'en va pas.

— Non. Je vais faire un saut en ville pour passer un ou deux coups de téléphone.

Euphorique, Diana demanda sans s'inquiéter vraiment :

— Ça pose un gros problème ?

— Il faut juste que je réfléchisse au moyen de résoudre certaines choses. Mais le véritable problème, en fait, ce sont elles, dit-elle en désignant le rez-de-chaussée. Je vais devoir expliquer pourquoi je reste un jour de plus.

— Pour aller au casino avec moi. Raconte-leur que j'ai réussi à te convaincre.

— Ça peut marcher. Madge pensera sûrement que ça ne me ressemble pas. Et c'est vrai, d'ailleurs. Je suis très rigoureuse en ce qui concerne le boulot. Liz est une fine mouche mais heureusement, hier soir, elle était de dos, ça lui a évité de remarquer la manière dont nous nous regardions.

Diana se leva et chercha son pyjama :

— Qu'est-ce qu'elles pourraient bien soupçonner ?

Aucune de nous deux n'est connue pour avoir ce genre d'histoires.

— Ça c'est sûr, sourit Lane. Il était prévu que nous irions skier ce matin et que je partirais dans l'après-midi. Donc, si je ne m'en vais que demain matin, j'arriverai à San Francisco... Elle n'acheva pas sa phrase, pensive. À la mention de San Francisco, une vague de tristesse saisit Diana. Lane poursuivit : Ce sera plus discret si je vais quand même skier deux heures. Ensuite, je reviendrai me changer et je te rejoindrai en ville.

— Je t'attendrai ici, déclara Diana fermement.

— Skier. Il faut que j'aille skier ! Ah, punition insolite autant que cruelle ! C'est bien la dernière chose dont j'ai besoin. Oh !

Elle s'écroula sur le matelas. Diana éclata de rire en la voyant vautrée, complètement abattue, sur leur lit en désordre.

— Je n'ai jamais vu personne ressembler aussi peu à un avocat !

Lane tira le drap sur elle et s'en couvrit la tête. Le tissu étouffait sa voix :

— Il est très difficile de conserver sa dignité quand on est nu... Elle repoussa le drap sur le côté et se frotta les yeux : Il faut que je prenne le temps de réfléchir convenablement à tout ce que je devais faire demain et trouver une solution. Si tu descendais la première ? Je vais en profiter pour remettre un peu d'ordre dans cette chambre et dans ma tête. Mon Dieu, tu as vu ça ? s'écria-t-elle en s'asseyant et en contemplant le lit.

— Nous étions plutôt... enthousiastes, gloussa Diana.

— Et si tu venais ici une minute, avant de t'habiller ?

De longues minutes plus tard, elle libéra Diana :

— Bonjour, dit-elle avec un sourire jusqu'aux oreilles. Est-ce que tu te sens aussi merveilleusement bien que moi ?

— Bonjour, murmura Diana en souriant elle aussi. Oui.

Elle dégringola l'échelle, salua d'un geste les femmes rassemblées autour du feu et se dirigea immédiatement vers la salle de bain. Elle se passa de l'eau sur le visage, mais s'arrêta brusquement, prise d'une légère faiblesse quand elle sentit l'odeur de Lane sur ses doigts. Elle se regarda dans la glace et contempla son expression radieuse, reflet d'un corps comblé. Elle se demanda si elle avait offert à Lane un bonheur semblable. Se souvenant qu'elles avaient à peine fermé l'œil quelques heures au cours des trois dernières nuits – Lane sans doute encore moins –, elle décida que ce soir-là, elle la laisserait se reposer, qu'elle se contenterait de la prendre dans ses bras pendant qu'elle dormirait.

L'idée la fit sourire et elle se mit à se brosser les cheveux. Avec un sursaut, elle s'approcha du miroir pour découvrir l'ombre pâle de bleus sur ses épaules. Elle pensa : *Pas possible ! Après l'assaut d'une espèce d'Attila de la All-America, c'est la personne la plus délicate du monde qui te couvre de bleus.* Elle s'habilla et rejoignit les autres alors que Lane prenait le relais dans la salle de bains.

— J'ai convaincu Lane de rester un jour de plus, annonça-t-elle. Ça te va, Liz ?

— Tu as quoi ? s'étrangla Madge.

— Bonne idée, parfait, répondit Liz. Après tout, c'est elle qui avait décidé de rentrer plus tôt.

— Je n'arrive pas à y croire. Un jour, nous avions des places pour une pièce de théâtre qu'elle avait envie de voir depuis des mois et elle n'a pas hésité à annuler au dernier moment parce qu'elle avait eu je ne sais quel contretemps au bureau, raconta Madge. Et ce n'était pas la première fois. C'est une véritable droguée du travail.

— Il faut croire que j'ai su être persuasive, fit Diana, mutine. Et peut-être en conclure que j'ai réussi à l'aider à se libérer de son scénario.

Tout le monde éclata de rire, mais Madge s'entêta :

— Elle a des problèmes au boulot, c'est pour ça qu'elle écourtait ses vacances. Que lui as-tu dit ?

— Tu n'as qu'à le lui demander, répliqua Diana.

Elle finissait par sentir l'agacement monter. Lane venait juste de les rejoindre. Elle se dit : *Après tout, elle est avocate… elle n'a qu'à se servir de ses talents d'oratrice pour noyer le poisson auprès de cette enquiquineuse.*

— Lane, comment Diana s'y est-elle prise pour te détourner du droit chemin ? interrogea Madge non sans une pointe de sarcasme.

— Elle m'a convaincue qu'un peu d'imprévisibilité ne nuira pas à mon image professionnelle, répondit Lane avec un sourire éclatant.

— C'est sûr que ça peut pas faire de mal, approuva Liz.

Madge fronça les sourcils et avala une gorgée de café, sans cesser de scruter Lane. Chris intervint :

— Lane a dit l'autre soir que tant qu'on n'est pas

sénile, on peut prendre des décisions importantes pour sa vie, c'est bien ça ?

— Exactement, Chris.

Madge hocha la tête, visiblement satisfaite :

— Il était grand temps que tu te montres un peu humaine.

— Moi aussi j'ai mes faiblesses, conclut Lane avec un coup d'œil malicieux à Diana.

— Ah oui ? Voyons, cite-m'en une, la défia Liz, amusée.

— Tes bons petits plats.

Leur hôtesse afficha une expression enchantée :

— Ça tombe à pic, le petit déjeuner est prêt !

— Je suis très contente que tu restes, déclara Chris. Ces vacances te font le plus grand bien. Vous êtes rayonnantes ce matin, Diana et toi.

Elles se gavèrent d'œufs, de jambon et de pancakes.

— C'est l'air pur de la montagne et tes talents de cuisinière, Liz, affirma Diana avec un regard vers Lane, dont les yeux brillèrent.

— Vous serez là pour le dîner ? demanda Liz.

— Non, répondit instantanément Diana.

Elle regarda Lane, qui sourit à Liz :

— J'ai décidé de devenir une joueuse impénitente.

Diana observa Lane qui dévalait le chemin pour rejoindre sa voiture, son haleine formant de minuscules nuages. Elle réchauffa l'habitacle de sa petite Mercedes gris argent, faisant vrombir le moteur dans l'air glacé des sommets, avant de prendre la direction de la ville.

Les autres quittèrent également le chalet, sauf

Chris, qui avait décidé au dernier moment de ne pas aller skier. Déçue de ne pas être seule pour s'abandonner à ses pensées, Diana s'assit au coin du feu, un livre à la main. Elle se força à échanger quelques mots avec Chris. Enivrée par de plaisants souvenirs, elle se sentait parfaitement heureuse d'attendre Lane.

Lane revint peu après 11 h. Elle avait pris des couleurs et son pantalon était tout mouillé.

— Qu'est-ce qui t'est arrivé ? demanda Chris avec inquiétude.

— On ne peut pas dire que j'aie skié avec toute la grâce du monde, grommela Lane en la fusillant du regard. Elle s'adressa à Diana : Je reviens dans une minute.

— Moi aussi, il faut que je monte.

Quand elles entrèrent dans la chambre, Lane s'écria tout bas mais avec une certaine véhémence :

— Mais qu'est-ce qu'elle fait là ? Je suis rentrée aussi vite que possible. Je ne peux même pas te prendre dans mes bras, tellement je suis trempée et glacée.

Diana soupira :

— Ça vaut peut-être mieux. Dis, tu veux bien mettre ton chemisier en soie blanche, celui qui s'attache dans le cou ?

— Tes désirs sont des ordres. Et puisque nous en sommes aux réclamations, me ferais-tu le plaisir d'enfiler ton cachemire écru avec le col en V ?

Diana enleva son pull jaune et prit l'autre dans le tiroir. Elle devina un regard sur elle et se retourna. Débarrassée de sa tenue de ski, Lane se tenait près de l'armoire, les yeux fixés sur sa poitrine. Diana la regarda intensément, et s'attarda sur la fine dentelle blanche de ses hanches.

— J'ai les mains réchauffées, maintenant.

— Lane, elle pourrait avoir l'idée de monter, dit Diana à contrecœur. Une vive chaleur l'avait envahie, le bout de ses seins était déjà dur.

— Je la déteste.

— Moi aussi.

— On va prendre ma voiture, déclara Lane. Elle est déjà chaude.

— Elle me plaît bien.

— Elle appartenait à mon père. Tu veux conduire ?

— Non, il y a trop de verglas et de neige.

— Ne t'inquiète pas, dit Lane en lui lançant les clés. J'ai confiance en toi.

Diana conduisit avec prudence. La chaussée étant déblayée et sèche, elle put enfin se détendre et en profiter :

— Étant donné que tu viens d'emprunter cette route, tu savais parfaitement qu'elle était dégagée. Du coup, je ne suis toujours pas sûre que tu me fasses vraiment confiance.

— Je te fais confiance.

Consciente que Lane la regardait, Diana reprit :

— C'est une voiture parfaite pour deux personnes.

— Oui. Très intime.

— J'ai du mal à conduire si tu me regardes.

— Je touche avec les yeux, c'est très sage.

— Oui, mais tu touches quand même.

Obéissante, Lane détourna le regard vers le

paysage et demanda :

— Qu'est-ce que tu as fait ce matin ?

— Je me suis tout rappelé. Et toi, pourquoi es-tu rentrée dans cet état ? La neige n'était pas bonne ?

— Non, c'est juste que j'ai passé mon temps à me casser la figure. Et après, je suis restée un long moment assise sur une congère, perdue dans mes souvenirs. Je suppose que c'est là que mes vêtements se sont mouillés.

— Je n'aime pas beaucoup l'idée que tu tombes. Tu risques de te faire mal.

— Je ne me ferai pas mal.

Peu après, Diana se gara devant le Harrah :

— Je sais qu'il est tôt pour boire un verre, mais il y a un bar d'où l'on a une vue incroyable. J'adorerais y aller en tête à tête avec toi.

— D'accord.

— Il faut d'abord que je déniche Viv pour lui expliquer que je n'irai pas au casino avec elle aujourd'hui. Laisse-moi faire, je sais ce que je vais lui dire.

— Deux inconnues dans une ville inconnue… Comment se fait-il qu'il y ait autant de gens pour nous gêner ?

Elles trouvèrent Vivian au Harvey.

— Je t'ai aperçue ce matin, ma chère, lança-t-elle à Lane. Près de la bijouterie du Harrah. Je t'ai saluée, mais tu ne m'as pas vue.

— Ah non ? Je suis vraiment désolée, pardonne-moi… L'embarras de Lane était si visible que Diana et Vivian éclatèrent de rire. Elle expliqua : Il fallait que je passe quelques coups de fil et j'avais des tas de choses en tête.

— Je me doutais bien que tu avais une bonne raison. Ne t'inquiète pas, l'ego de Vivian est inaltérable ! Elle sourit à Lane et ajouta d'un air entendu : Et sa curiosité aussi, d'ailleurs.

Voyant que Lane ne répondait pas, elle haussa les épaules. Surprise, Diana la regarda mais renonça finalement à comprendre :

— Je vais apprendre le Black-jack à Lane, et après je me suis dit que nous pourrions aller faire un tour en voiture au nord du lac. Tu viens avec nous ?

— Oh, non ! Plus mort que ce coin-là, ça n'existe pas. Amusez-vous bien, les filles. Vivian préfère rester parmi les vivants, et jouer aux machines à sous.

Dans l'ascenseur, Lane dit :

— Tu savais qu'elle dirait non…

— On a réussi à se libérer, au moins pour un moment.

Quelques minutes plus tard, elles étaient assises devant un paysage d'arbres et de neige. Lane s'émerveilla :

— C'est magnifique !

Le serveur leur apporta du vin. Après l'avoir longuement dévisagée, Lane dit à Diana :

— Tu as les yeux marron très très clair. Mais à la lumière du jour, ils sont mouchetés de vert.

— Ma mère avait les yeux verts.

— Tu m'as parlé de ton père, mais pas d'elle.

— Elle est morte quand j'avais quatre ans. Elle a été renversée juste devant chez nous par un chauffard qui a pris la fuite.

— C'est affreux. Tu te la rappelles ?

— Très vaguement. Après, il y a eu un défilé de femmes à la maison. Elles s'entêtaient à essayer de jouer les mères de substitution. Pour impressionner mon père, je pense. Mais il ne s'est jamais remarié. Et la tienne ?

— Elle est remariée. Elle vit à Pacifica. Nous nous sommes rapprochées depuis le décès de mon père, mais ce n'est pas le grand amour. Mes parents ont divorcé quand j'avais dix ans et j'ai fait des pieds et des mains pour rester avec lui. Je l'adorais littéralement. Ce doit être très difficile à comprendre ou à pardonner, pour une mère. J'ai les cheveux et les yeux de mon père. Je lui ressemble sur à peu près tout. Il n'en reste pas moins que ma mère avait des raisons de vouloir le divorce ; c'était un très bel homme, un don Juan qui a collectionné les maîtresses.

— Et toi, qu'est-ce que tu en pensais ?

— À l'époque, j'étais jalouse. Je ne me rendais pas compte que ces femmes n'avaient pas d'importance pour lui. Tu sais, ces derniers jours, j'ai réfléchi à tout ça, et aussi aux histoires de Madge, avec ses scénarios. Mon père est sorti avec beaucoup de femmes, et moi je suis sortie avec beaucoup d'hommes. Je me souviens d'une conversation avec lui, c'était avant Carol. Je m'en souviens très clairement… Lane hésita, l'air sombre : Il m'a dit que deux femmes ensemble, c'était la plus insensée, la plus méprisable et la plus ridicule des perversions.

— Mais pourquoi t'a-t-il dit cela ? Comment pouvait-il savoir ? Comment un homme peut-il savoir ?

— Je ne crois pas qu'il ait vraiment su. Il a peut-être… perçu quelque chose en moi.

— Possible… Je comprends mieux pourquoi tu as fui ce dont tu avais réellement besoin. Ce n'était pas une question de courage, mais la peur d'être jugée par la personne dont l'opinion comptait le plus pour toi.

Lane reprit doucement :

— Oui, il y a du vrai dans ce que raconte Madge. Mon père ne voulait pas que ma vie ressemble à la sienne. Je comprends aujourd'hui qu'il était très seul, pris au piège de ses pulsions. Il refusait que cela m'arrive aussi. Mark n'était pas le genre de garçon qu'il aurait voulu pour moi. De son point de vue, il manquait d'ambition. Mais il s'est quand même profondément attaché à lui. Avant Mark, je menais une vie complètement folle, or mon père souhaitait me voir mariée et heureuse avec un seul homme. Il a vécu la mort de Mark aussi mal que moi.

— Tu peux me parler un peu de lui ?

— Si tu veux. Il travaillait dans la publicité, comme graphiste. Il était très beau… pour moi, en tout cas… Mince, avec des cheveux noirs qui lui tombaient presque jusqu'aux épaules, les yeux marron foncé. Il avait les traits très fins, c'était un homme fin, vraiment hors du commun. Il a passé outre tous mes petits jeux.

— Tes petits jeux ?

— Mes jeux de pouvoir. Pour obtenir que ce soit l'autre qui cède, parce qu'on n'a pas l'intention de céder. Il semblerait que je ne puisse pas m'empêcher de jouer à ça. Et je gagne toujours. Sauf que bien sûr, gagner, ça revient à perdre. Mes histoires avec les hommes ont systématiquement eu un champ de bataille pour décor. Je n'en suis pas très fière, mais c'est mon mode de fonctionnement. Excepté avec Mark.

— En quoi était-il différent ?

Elle ressentait le besoin urgent d'en savoir plus sur l'homme que Lane avait aimé.

— Sans doute en ce qu'il a refusé que son ego entre en ligne de compte. Et parce qu'il m'aimait véritablement. Il me disait : « Lane, tu recommences à te comporter comme une petite fille », et il sortait s'occuper de son jardin. Il avait une maison avec un jardin de rocaille, plein de fougères et de toutes sortes de plantes rares. Il appréciait les moments de solitude. Parfois il partait se promener, il marchait des kilomètres et des kilomètres, puis il revenait et me racontait avec beaucoup d'humour ce qu'il avait vu. Il avait une manière bien particulière de voir le monde. C'est difficile à expliquer. Il adorait aussi faire la cuisine. Et m'attendre… je suppose que c'était là encore une façon de se préoccuper de moi. À bien des égards, il était comme un frère, comme un ami.

— Je suis contente que tu aies fait partie de sa vie.

— C'est très gentil. J'ai moi aussi eu de la chance de l'avoir à mes côtés. Il m'a ouverte à beaucoup de choses. J'étais sans doute trop jeune pour m'en rendre compte, et pour le lui montrer. Je ne l'ai jamais montré tout court, d'ailleurs. Jusqu'à toi… Elle s'interrompit et, choisissant soigneusement ses mots, ajouta : Je ne comprends pas que ton compagnon ait pu te faire du mal.

— J'essaie encore de comprendre moi-même. Nous ne nous sommes pas mariés. J'ai vécu mon seul mariage comme une peine de prison. Mais c'est peut-être l'une des raisons qui ont empêché Jack de prendre notre relation au sérieux. Il y a eu d'autres femmes... Prononcer ces quelques mots qu'elle n'avait jamais dits à personne ne fut pas aussi douloureux qu'elle l'aurait cru. Elle continua : Il jure qu'il ne recommencera plus, il veut une deuxième chance, mais je ne me sens pas capable de lui pardonner.

Lane leva légèrement les sourcils :

— Il doit être fou. Tu es une femme désirable, sensuelle, le rêve de tout homme.

— Je... avec toi, je ne suis pas pareille... Pas comme avec les autres.

— Moi non plus, je ne suis pas la même avec toi.

— Je ne peux te comparer à personne.

— Moi non plus.

— Tu sais que tes yeux changent tout le temps de couleur ? Là, ils sont exactement entre le bleu et le gris. Ils sont presque toujours comme ça. Très beaux.

— Merci. Diana... Elle soupira et poursuivit : Ce matin, j'ai vu des bleus sur tes épaules. Je ne me rappelle pas comment c'est arrivé. Je ne peux pas croire que j'aie pu te faire ça.

Elles étaient penchées l'une sur l'autre, discutant à voix basse.

— Tu m'avais prise dans tes bras et tu as posé tes mains sur mes épaules... Tes doigts m'ont serrée de plus en plus fort.

— Je suis désolée.

Diana planta ses yeux dans les siens, elle aurait tellement voulu pouvoir lui prendre les mains :

— Surtout, ne le sois pas. Tu as été très douce avec moi… C'était la première fois que je te touchais et… tes mains m'ont aidée à savoir… ce que je devais… faire.

— Je me souviens. Je me rappelle t'avoir tenue par les épaules, mais je ne savais pas que je serrais si fort.

— Non, sauf à un moment, brusquement, répondit Diana qui effleura ses bleus. J'aime les avoir.

— Est-ce que je t'ai fait mal d'autres fois… sans m'en rendre compte ?

— La deuxième fois que tu as enfoncé tes mains dans mes cheveux. Et aussi une autre fois. Sinon, tu t'es agrippée à la couverture ou aux draps.

— Toi, tu ne te cramponnes pas, tu fais ça, dit Lane en montrant ses mains, dont elle écarta les doigts fins le plus possible. Elles sont complètement raides. Et elles tremblent, tout comme le reste de ton corps.

Diana ne répondit pas, trop peu sûre de sa voix. Jouant avec son verre de vin, Lane regardait par la fenêtre. Diana suivait les mouvements de ses doigts qui essuyaient la buée. Elle finit par demander :

— À quoi penses-tu ?

Lane posa les yeux sur elle. Ses traits semblaient s'être durcis, presque creusés, et ses yeux avaient foncé. Ils frôlaient le gris.

— Je pense à ton goût. Tu ne t'en doutais pas ?

Diana détourna à son tour le regard vers la fenêtre : son esprit était complètement vide et son cœur battait à un rythme sourd.

— Si nous discutions du Black-jack et de tout ce que je dois apprendre pour savoir jouer ? proposa Lane.

Reconnaissante de cette distraction, Diana commença un véritable cours. Lane l'écoutait attentivement et posait des questions.

— Parfois, tout le monde se montre sympathique, même le croupier, conclut Diana. Mais en général, c'est un jeu très calme et asexué. Les hommes ne nous prêtent pas beaucoup d'attention.

— Changement très agréable.

— Ton physique te gêne ?

— Ça arrive.

— Tu préférerais être moins séduisante ?

— En cet instant précis, non… Bien, on ne discute pas pour savoir qui paye, d'accord ? Elle déposa un billet sur l'addition. Diana la dévorait des yeux. Lane s'appliqua à regarder ailleurs et, d'une voix rauque, dit : Nous devrions prendre garde à… notre façon de nous regarder.

— Lane, quand tu rentreras à San Francisco…

— Je ne veux pas en parler, répliqua-t-elle sur un ton égal. Je ne veux penser qu'à toi, à la journée et à la nuit que nous allons passer ensemble.

Elles entrèrent dans le casino.

— Pour te porter chance, lança Diana en glissant dix dollars sur la case des mises devant Lane.

La banque tira un Black-jack, au grand désespoir de toute la table, d'où s'élevèrent des grognements.

— C'est pas gentil, ça, fit remarquer Lane en sortant un billet de cinquante dollars de son portefeuille.

— Effectivement, mon petit, répondit la croupière, une femme à la voix cassée, aux cheveux noirs très frisés. Je suis célèbre pour ma terrible cruauté.

Diana rit et regarda son badge. Surprise, elle demanda :

— Vous vous appelez Benny ?

— Non, Carlotta. Mais j'ai perdu mon badge, alors j'en ai ramassé un qui traînait par là.

Les joueurs éclatèrent de rire. La croupière haussa les épaules :

— Le règlement exige qu'on porte un badge, mais on se fiche pas mal de ce qu'il y a marqué dessus. Voyons, à votre avis, de quel prénom Benny est le diminutif ?

— Bernadette ? suggéra Lane.

— Bernadette, Benny, possible, fit la croupière tout en lui échangeant ses cinquante dollars contre des jetons. C'est pas une sainte qui est morte vierge ?

— Je crois que si.

— Quelle imbécile !

Lane se pencha et déposa dix dollars dans la case qui se trouvait devant Diana. Leurs bras se frôlèrent et Diana perçut son parfum.

— Pour te porter chance.

Leurs regards se croisèrent. Diana baissa les yeux vers la taille de Lane et ses courbes, ceintes des minuscules maillons dorés de sa ceinture. Elle suivit la ligne de sa cuisse. Le désir afflua en elle, comme une vague immense et incandescente. Elle regardait le jeu de Lane, se penchait, lui donnait des explications, s'amusait de ses réactions selon qu'elle perdait ou gagnait, observait sa façon de toucher les cartes et les jetons de ses doigts longs et fins, aux ongles légèrement carrés.

Diana n'entendit pas la question que l'homme assis de l'autre côté de Lane lui posa. Elle y répondit d'un air distrait :

— Non, je suis prise.

Sans lui accorder un regard, elle ramassa ses cartes. Les yeux de Diana s'attardèrent sur les os fins de ses poignets. Elle se rappelait quand elle les embrassait, quand elle y promenait sa langue. Au travers de son chemisier, elle devina le contour de ses seins, et vit qu'ils étaient durs. Devant elle, la croupière se mit à tambouriner sur la table.

— Pardon, s'excusa Diana en reprenant ses esprits. Tu as de très jolies mains.

— Merci, dit Lane, amusée. Ravie qu'elles te plaisent.

Elle remua sur son siège. Diana pensa au corps svelte que cachait la soie blanche, elle l'imagina frémissant entre ses bras et le désir s'empara d'elle si intensément qu'elle en eut la gorge nouée. La croupière manifesta de nouveau son impatience :

— Vous alliez très bien tout à l'heure, mon petit. Je vous ennuie à ce point ? On dirait que vous vous endormez.

Lane ramassa son argent :

— Allons essayer autre chose.

— J'ai du mal à me concentrer, expliqua Diana à la croupière. Je suis désolée.

— C'est pas grave, mon chou. Dans le coin, vous n'êtes pas la seule à manquer de sommeil.

— Qu'est-ce que tu veux faire ? interrogea Lane tandis qu'elles déambulaient dans le casino.

Diana soupira :

— La deuxième chose que j'aimerais, c'est une balade en voiture.

— Quelle est la première ?

Diana répondit en esquissant un sourire :

— Tu n'en as pas la moindre idée ?

— Non… Lane la prit par le bras pour la conduire dans une zone de tables vides. Là, elle la regarda fixement : Dis-le moi, Diana. Dis-moi ce dont tu as vraiment envie.

— J'ai envie d'être dans un lit avec toi, et tu le sais parfaitement.

— Moi aussi. Tout de suite. On va dans un motel ?

— Oui.

— Je conduis. Toi, tu en cherches un.

Elles quittèrent bientôt le parking.

— Au prochain carrefour, à Stateline, ordonna Diana. Pourquoi ça ne nous a pas effleurées avant ?

— Parce que nous sommes habituées à ce qu'on décide pour nous. Jusqu'à il y a deux nuits, je n'avais même jamais pris l'initiative, physiquement. Enfin, au moins, on apprend vite. On pourrait trouver un coin au milieu des sapins.

Diana l'observa pendant qu'elle conduisait : son pied mince botté de cuir sur l'accélérateur, et contre sa cuisse son autre jambe, gracieusement arquée. Le regard de Diana erra jusqu'à ses mains gantées sur le volant, puis vers son visage encadré d'or. Son joli profil se découpait nettement sur le ciel éclatant.

— J'ai du mal à conduire si tu me regardes, plaisanta Lane.

— Je touche avec les yeux, c'est très sage, répliqua Diana en souriant.

— Oui, mais tu touches quand même… Elle lui lança un coup d'œil lourd de sous-entendus et ajouta : Sans compter que tu es censée nous trouver un motel.

Diana suspendit leurs manteaux pendant que Lane ouvrait les rideaux. La lumière inonda la chambre.

— Oh, regarde, c'est magnifique ! Elle désigna le lac et les montagnes blanches comme la craie.

— Oui, répondit Diana sans la quitter des yeux.

Elle s'approcha d'elle par derrière, l'entoura de ses bras et plongea le nez dans ses cheveux parfumés. Elle l'embrassa sur la nuque et la sentit vibrer. Les mains de Lane resserrèrent leur étreinte et elle pencha la tête en arrière pour que leurs visages se touchent. Diana dégrafa la ceinture de Lane et, lentement, la fit glisser hors des passants, jusqu'à tenir dans sa paume les minuscules maillons dorés. Elle lâcha Lane, lui fit faire volte-face et tira sur le fin cordon de son chemisier de soie blanc… Elle remarqua dans sa gorge le rythme accéléré de son pouls. Elle l'enlaça. Mais Lane paraissait engourdie, presque inerte, elle respirait faiblement. Diana la regarda et reconnut les traits endurcis, austères, qu'elle avait vus au bar du Harrah. Ses yeux d'un gris plus profond, comme trouble, semblaient perdus dans le vague.

Mollement, Lane articula :

— On dirait que… tu me mets dans un drôle d'état.

— Tout va bien. Tout va bien.

Elle demeura passive tandis que Diana la déshabillait sans hâte, mais sans s'arrêter.

— Je ne veux pas… être comme ça.

— Tout va bien. Je t'assure… Diana affermit sa voix pour être convaincante : Je t'assure, tout va bien.

Elle se dépouilla de ses propres vêtements, et conduisit Lane vers le lit.

— J'ai besoin de te prendre dans mes bras, dit Lane sur un ton qui trahissait son impuissance.

Diana s'assit sur le lit et l'attira pour la mettre à califourchon sur elle.

— Oh, Diana… Lane passa ses bras autour d'elle.

— Lane… Les doigts de Diana la cherchaient déjà.

Lane se contracta et suspendit sa respiration. Diana la caressa, se glissa délicatement en elle, mais Lane s'arc-bouta et ses hanches lui imprimèrent une cadence urgente. Ses bras frémirent dans le dos de Diana, elle haletait.

— Lane, chuchotait Diana sans répit.

Agitée de soubresauts, Lane se livrait sur ses cuisses à une danse érotique de plus en plus frénétique, son souffle n'était plus qu'un sanglot, elle se cramponnait à ses épaules.

— Oh oui, souffla-t-elle dans le cou de son amante, les muscles subitement tendus. Oh oui…

Le corps saisi de tremblements, elle rejeta violemment la tête en arrière et dans sa gorge, les sons se turent d'un seul coup. Diana l'étendit doucement. Ses doigts ne l'avaient pas quittée : elle éprouva la violence de ses frissons, ses efforts pour reprendre haleine. Les lèvres de Diana effleurèrent son visage, le battement affolé à la base de son cou.

— Tu es belle, dit-elle à voix basse. Oh, tu es si belle.

Quelques mèches de cheveux blonds retombaient sur elle. Tout en étreignant Lane, Diana souffla légèrement pour les écarter, et les regarda flotter dans l'air. Il se passa un moment avant que Lane parle de nouveau. Dans l'oreille de Diana, sa voix était apaisée :

— Merci de m'avoir dit que j'étais belle, après.

— C'était vrai. Et ça l'est toujours.

— Quand on prenait un verre, j'avais envie de toi comme ça. Et quand on jouait, au casino. Et quand cet homme m'a demandé si je voulais boire quelque chose… j'avais envie de toi comme ça.

— Lane…, soupira Diana, les yeux clos, en la serrant plus fort.

Lane marqua une pause avant de continuer :

— Ce que tu viens de me faire possède des vertus sédatives, mais je ne veux pas dormir. Si tu prenais une douche avec moi ?

— Pourquoi ne dors-tu pas un peu dans mes bras ?

— Je ne veux pas dormir. Je veux prendre une douche avec toi.

L'obstination enfantine dans sa voix fit sourire Diana.

— C'est incontournable. Tu sais, l'incontournable scène de la douche, insista Lane.

Elle lui adressa un sourire enjôleur. La fatigue alourdissait ses paupières.

— Bon, si c'est incontournable, alors…

Débordant de tendresse, Diana l'embrassa chastement sur le front et céda.

Lane resta de longues minutes sous le jet froid. Diana la contemplait par la porte ouverte. Elle se plaisait à voir l'eau rebondir sur ses courbes sveltes. Puis Lane augmenta la température et lui tendit la main. Diana se mit sous l'eau, et Lane s'appuya sur le mur pour la regarder. Soudain, Diana se retrouva dans ses bras. Elle ferma les yeux lorsqu'elle couvrit ses bleus de baisers tendres.

— J'espère que ça les fera partir, murmura Lane.

D'un geste joueur, Diana l'écarta et se frotta comme pour effacer les baisers :

— Moi je les aime. Je ne veux pas qu'ils partent.

Elle sourit, glissa ses bras autour des épaules de Lane et se haussa sur la pointe des pieds, afin que leurs yeux soient à la même hauteur.

Lane éclata de rire :

— Tu es folle. Et ravissante. Tellement ravissante que je n'arrive pas à décider ce que je préfère chez toi. La première nuit, j'ai cru que c'était ça… Elle lui baisa légèrement la bouche : Mais ensuite, je me suis dit qu'il n'y avait rien de meilleur que ça… Elle lui prit les seins : Exactement à la taille de mes mains. Ils sont magnifiques. J'adore les embrasser. Et la nuit dernière, j'ai découvert un endroit tout à fait inédit… La bouche de Lane se colla à l'oreille de Diana : Pour l'heure, c'est mon préféré.

— Personnellement, je n'ai pas de préférence, plaisanta Diana. J'aime tout chez toi.

— Tout ?

— Tout.

— Embrasse-moi un sein. Celui que tu veux.

— J'hésite à te faire confiance. Qu'est-ce qui peut bien passer par cette jolie petite tête ?

Quand Diana se pencha vers elle, Lane se savonna le sein à l'instant où elle allait y poser les lèvres.

— Qu'est-ce qu'il y a ? Je croyais que tu aimais tout chez moi.

— Coquine. Tu es une vilaine coquine.

Elle l'attrapa et commença à lui faire des chatouilles.

— Je ne supporte pas les chatouilles ! cria Lane de façon si convaincante que Diana arrêta instantanément.

Lane entreprit de la savonner avec vigueur tandis que Diana se tortillait et gloussait.

— Et toi, tu crains les chatouilles ? Tu les crains ?

Elle essaya de la chatouiller.

— Bien sûr que non, répondit Diana en serrant les dents.

— Ah non ? Menteuse !

Diana lui glissa entre les doigts mais Lane la rattrapa et appuya son corps contre le sien. Elle se frotta lascivement sur la mousse, les yeux brillant d'une lueur espiègle :

— Ça te va bien, la mousse. Tu es vraiment adorable comme ça.

Diana sentit le goût de l'eau sur les lèvres de Lane et l'effleurement fugace de sa langue sur la sienne ; l'haleine chaude dans son oreille et de nouveau la caresse de sa langue. Sa bouche de retour sur la sienne, venant à bout de sa résistance à petits coups successifs. Lane fit glisser ses mains sur les hanches de Diana, sur ses cuisses. Diana s'accrocha à elle. Le jet de la douche emportait la mousse.

Lane l'étreignait, l'embrassait, ses doigts se faisaient caressants…

— J'ai envie de toi, chevrota Diana.

Lane la plaqua contre la paroi :

— Répète… Elle s'agenouilla devant elle : Je veux t'entendre me le dire.

— Oh, j'ai envie de toi.

Elle ferma les yeux de toutes ses forces. Ses cuisses frissonnaient sous la langue brûlante et légère. Alors elle arqua son corps. Les gouttes d'eau ruisselaient sur le dos de Lane, rebondissaient dans ses cheveux.

— Les douches, c'est beaucoup trop exigu pour pouvoir s'y prendre correctement, conclut Lane en se séchant énergiquement la tête. En plus, l'eau enlève le meilleur.

— Ça m'a beaucoup plu, dit Diana, les jambes molles.

Elle prit la serviette des mains de Lane pour l'aider à s'essuyer, buvant au passage quelques gouttelettes transparentes sur sa peau.

— Au lit ! ordonna Lane en la guidant par la main.

Lorsqu'elles furent allongées, Diana l'enlaça :

— Viens un peu dans mes bras, gentiment.

— Je refuse de dormir… Lane avait repris sa voix de gamine têtue. Tu n'as pas envie de la même chose que moi ?

— Bien sûr que si, répondit Diana tranquillement.

Elle remonta le drap, posa la tête de Lane sur sa poitrine et lui tapota les cheveux :

— On va juste se réchauffer comme ça, un moment.

Lane poussa un soupir lascif et pressa son visage sur les seins de son amante. Un peu plus tard, au comble du bonheur, Diana tenait dans ses bras le corps endormi de Lane.

Diana se réveilla dans l'obscurité et attrapa sa montre sur la table de chevet. Elle marquait 21 h. Elle s'assit et contempla Lane pendant de longues minutes : allongée sur le ventre, les mains près de la tête, elle dormait comme une enfant. Puis elle regarda par la fenêtre, vers les ombres noires de la Sierra.

Pour la première fois en deux jours, elle pensa à Jack. Comment était-il possible qu'elle aime étreindre la large carrure d'un homme, se demanda-t-elle en considérant de nouveau le repos de Lane, et ces épaules étroites ? Qu'elle aime enfouir son visage dans les poils du torse de Jack autant que dans le moelleux des seins de Lane, et respirer son parfum ? La bouche de Jack – ferme, avide, excitante. La bouche de Lane – douce, souple, fondante. Les bras, le corps de Jack – pressants, la soulevant, l'emportant avec lui. Les bras, le corps de Lane – tendres, offerts, généreux, elle s'y dissolvait. Avec lui, les sensations étaient diffuses, enveloppantes, mêlées de son urgence à lui, de son excitation. Avec elle, l'orgasme était puissant et pur – comme une éclipse, elle voyait parfois des flashes de lumière –, sous son œil de spectatrice émerveillée qui connaissait parfaitement l'intensité de cette jouissance. Et puis son propre émerveillement quand l'extase s'emparait de Lane, cette extase qu'elle, Diana, lui avait donnée.

"Intermèdes où l'on papillonne". Ces mots la poursuivaient. Lane se bornerait-elle à rentrer à San Francisco une fois son désir de posséder une femme satisfait, pour reprendre sa vie sans un regard en arrière ? Demain était sombre et informe. Épouvantable. Elle décida de l'éloigner de son esprit.

Elle se délecta encore une fois de la vision de Lane. C'était une belle enfant blonde, fragile, à la respiration profonde et calme. Son corps bougeait à peine. Intérieurement, elle lui dit : *Tu es tout ce que je désire. Te voir près de moi et savoir que je peux te serrer dans mes bras, voilà tout ce que je désire.*

Elle la réveilla en l'appelant très bas, avec des baisers sur le front.

— Diana… Ensommeillée, Lane se retourna vers elle : Quelle heure est-il ?

— 21 h 30.

Diana lui caressa les cheveux. Lane l'étreignit, lui baisa le visage et les paupières. Elle se redressa, un bras passé autour de Diana, et son regard se perdit dans les silhouettes obscures des montagnes :

— Comment peut-il être si tard ?

— Nous ferions mieux de rentrer… Diana l'embrassa sur la joue.

Elles s'habillèrent. Diana se tenait debout près de la table de chevet. Elle était en train de remettre sa montre ; elle observait Lane, devant le miroir, qui se brossait les cheveux avec des mouvements rapides et expérimentés. Elle laissa ses yeux errer sur son corps, s'attarda sur ses reins. Une vague brûlante l'envahit au souvenir de la nuit précédente. La passion de sa bouche et de ses mains sur Lane, ses gémissements, que l'oreiller n'avait qu'en partie étouffés… Lane surprit son regard dans le miroir :

— Vue ! Elle s'approcha avec un demi-sourire et prit Diana par la taille : À quoi tu pensais ?

Diana la fixa droit dans les yeux :

— À quelque chose que j'ai l'intention de te refaire.

— L'une de nous est une obsédée sexuelle.

Diana fit glisser ses mains sur le dos de Lane.

— Laquelle ?

Pleinement conscientes de leur pouvoir de donner du plaisir, elles se mesurèrent du regard. Un nouveau demi-sourire se dessina sur les lèvres de Lane, et elle embrassa Diana, en la caressant paresseusement sous son pull.

Excitée par ce contact délicieux sur sa peau, Diana s'abandonna aux bras qui la serraient. Le désir la traversa, comme un courant brûlant. Les mains de Lane quittèrent son dos, agrippèrent ses hanches pour les coller aux siennes et les mettre en mouvement. Leurs baisers devinrent plus passionnés. Haletant, Diana détacha sa bouche de celle de Lane.

— Moi, dit Lane, les doigts sur la ceinture de son amante.

— Il faut qu'on rentre, bégaya Diana sans beaucoup de conviction.

Elle se tendit et ne tarda pas à frissonner. Lane l'allongea, lui retira ses vêtements et s'agenouilla près du lit :

— Oh, Diana, susurra-t-elle.

Diana gémit et ses jambes se refermèrent sur un baiser soyeux.

Elles roulaient à vive allure sur l'autoroute en direction du chalet. La tête appuyée en arrière, Diana regardait Lane conduire. Elle finit par s'apercevoir qu'elle ne cessait de jeter des coups d'œil vers les restaurants qu'elles croisaient :

— Tu as faim ?

— Je meurs de faim. J'allais te demander la même chose.

— Moi aussi, répondit Diana en se rendant compte qu'elle était affamée.

— Ça tombe bien. Je craignais que tu m'opposes encore qu'il faut rentrer.

— Je me rappelle très vaguement avoir dit cela. Au fond, je devais parfaitement savoir que tu réussirais à me faire perdre le monde de vue.

Lane éclata de rire. Un rire joyeux, doux.

— Ça te dirait de manger une cochonnerie ? proposa-t-elle en désignant l'enseigne d'un drive-in.

Quelques minutes plus tard, entre deux bouchées, Lane expliqua :

— J'adore les cochonneries, bien que je sache pertinemment que sur le plan nutritionnel, ce n'est pas très sain.

— Tu fais la cuisine ?

— Quand j'ai le temps. J'aime bien. Et toi ?

— Oui. Par la force des choses quand j'étais

mariée et après, avec Jack. Mais j'y prends plaisir, même quand ce n'est que pour moi seule.

— Excellentes, ces frites, dit Lane en froissant le carton vide. Ça te plaît de vivre seule ?

— Pas beaucoup. Mais j'en avais besoin, pendant un temps. Et toi… tu vis seule ?

— Maintenant oui. Dans l'ensemble, c'est plus facile.

Une question surgit dans l'esprit de Diana :

— Comment était Carol ?

Elle s'était efforcée de garder un ton neutre. Lane la regarda :

— Que veux-tu savoir ?

— Le genre de personne que c'était.

— Elle avait dix-huit ans. On n'est jamais follement intéressant à cet âge-là, tu sais.

Sa réponse évasive gêna Diana :

— Comment était-elle, physiquement ?

Lane but une gorgée de Coca :

— Grande, brune, yeux foncés.

— Elle était belle ?

— Très. Elle a été finaliste d'un concours de beauté.

— Ah… Diana mordit dans son hamburger, l'air lugubre.

— Sa mère l'encourageait à faire des trucs comme ça. C'était criminel, ça l'a rendue complètement narcissique. Tu ne peux pas imaginer le temps qu'elle passait à s'occuper d'elle. Mon père traitait sa mère de sauvage. Il m'a répété des milliers de fois que la beauté est sottement surestimée dans notre société, et que pour ceux qui la possèdent, c'est plus une punition qu'une bénédiction.

— Tu es d'accord avec lui ?

— Absolument. C'est d'ailleurs ce qui motivait tous mes petits jeux. Ils me permettaient de découvrir qui me voyait vraiment comme une personne, et qui voulait juste m'exhiber.

Soudain, sur une impulsion, Diana demanda :

— Lane… Est-ce que tu tiens à moi ?

Lane plongea son regard dans le sien :

— Ton courage me surprendra toujours.

— Je ne sais pas pourquoi tu dis ça. Lorsque nous sommes arrivées au motel tout à l'heure, ta façon de me faire confiance quand… Ça, c'est très courageux.

— Peut-être, oui, répondit Lane pensivement. Je n'aurais fait confiance à personne d'autre. Mais ces derniers jours, tu m'as beaucoup appris sur le courage et la confiance.

— Tu ne veux pas répondre à ma question ?

— Si. Mais pas tout de suite, pas ici. Pour l'instant, je voudrais changer la voiture de place.

Elle désigna une zone vide du parking, où elle se dirigea. Elle coupa le moteur et prit la main de Diana ; elle l'appuya sur sa jambe et joua avec ses doigts :

— Tu peux manger d'une seule main ?

— Fastoche !

Diana sourit. Sa main resta sur la cuisse de Lane pendant tout le trajet du retour. Ses doigts s'insinuèrent vers l'intérieur, ils percevaient la chaleur et la fermeté de sa peau à travers le tissu.

— Je vais nous faire partir dans le décor ! dit Lane et Diana retira sa main : Tu peux la laisser là, mais ne la bouge pas de cette façon. Tu sais dans quel état ça me met… Elle jeta un regard à Diana, qui remettait sa main en place, et ajouta : Elle est brûlante. Chez toi, tout est brûlant. Tu me rends très heureuse, ajouta-t-elle, songeuse, concentrée sur les obscurs virages de montagne. Tu me rends très heureuse, et pas seulement sur le plan physique.

— Physiquement, notre entente est incroyable, murmura Diana.

— Oui.

— Tu crois que c'est toujours aussi fabuleux entre femmes ?

Lane posa sa main nue, froide après le contact prolongé avec le volant, sur celle de Diana, et elle la pressa contre la chaleur de sa cuisse.

— Tout ce que je sais, c'est qu'entre toi et moi, c'est vraiment fabuleux.

Elles arrivèrent au chalet peu avant 23 h, où elles apprirent que Madge était partie dans l'après-midi.

— Elle s'est mis en tête de rentrer plus tôt que prévu pour faire la surprise à Arthur, expliqua Liz. Pourvu que ce ne soit pas une trop grosse surprise ! Je lui ai conseillé de téléphoner quand elle sera à Placerville et j'espère qu'elle le fera. Je parie ma ceinture de chasteté qu'Arthur s'est trouvé quelqu'un pour l'aider à occuper la sphère privée qu'elle lui a laissée !

— Je serais curieuse de savoir si elle l'appellera, se demanda Lane à voix haute.

— Qui sait, dit Liz. À propos, tu fais les divorces ?

Lane secoua la tête en souriant.

— Comment s'est passée votre journée ? s'enquit Chris.

— Fabuleusement bien, répondit Lane.

— Lane a l'étoffe d'une joueuse de talent.

Millie s'adressa à Lane :

— Bon, et quel est le bilan ? Voyant que Lane la regardait sans comprendre, elle ajouta avec impatience : Au bout du compte, tu as davantage gagné que perdu, ou l'inverse ?

— Ah ! Au total, j'ai dû gagner cinquante dollars.

— Plus ou moins, confirma Diana, tout sourire.

— Si tu nous racontais ça en détail pendant que Diana prend son tour à la salle de bain ? proposa Chris.

— Tiens, bonne idée, si tu leur racontais, renchérit Diana avec un air malicieux quand Lane lui jeta un coup d'œil inquiet. Parle-leur de Benny la croupière.

— Ah, oui.

Quand Diana revint, Lane était assise près du feu. Elle écoutait des histoires de casinos, un verre de vin encore intact à la main.

— La salle de bain est libre.

Lane se leva et s'excusa. Elle tendit le verre à Diana avec une lueur amusée dans les yeux.

Lane baissa la trappe :

— Vous m'avez jetée en pâture aux louves, hein, mademoiselle Holland ? Sans aucun scrupule !

— Mais vous êtes avocate, mademoiselle Christianson. N'êtes-vous pas capable de vous sortir de n'importe quel guêpier grâce à vos talents d'oratrice ?

Elles s'assirent et Diana posa la tête sur l'épaule de Lane.

— Heureusement qu'elles se sont lancées dans d'interminables anecdotes, dit Lane dont les mains s'étaient glissées sous le pyjama de Diana.

— Je savais comment ça se passerait. Les joueurs ne se lassent pas de raconter leurs aventures.

Elles s'embrassèrent longuement, main dans la main.

— Une heure sans pouvoir te toucher. Je dois reconnaître que ça ne me plaît pas beaucoup, murmura Lane en prenant le visage de Diana. Aujourd'hui, tu m'as obligée à dormir et j'en avais besoin. Nous en avions d'ailleurs besoin toutes les deux. Tu veilles bien sur moi.

— J'aime veiller sur toi. Et maintenant, nous avons du temps pour discuter.

— Ou pour tout autre chose que nous pourrions avoir envie de faire.

Encore une stratégie pour éluder la conversation, pensa Diana avec tristesse. Cependant, Lane dit :

— On va arranger le lit pour pouvoir discuter un peu.

Elles retirèrent la couverture et Lane s'installa contre les oreillers. Elle en mit un sur ses cuisses, où Diana posa la tête. Elles se couvrirent avec le dessus-de-lit.

— Un igloo douillet, constata Lane avec satisfaction.

— Parle-moi de toi. De ton métier. Comment est ton bureau ?

— Très agréable. Mon père m'a aidée à le meubler. Il est décoré dans des tons dorés et marron. J'ai quelques belles pièces, une chaise Queen Anne, une console ancienne, deux jolis tableaux...

Aujourd'hui, j'ai la table de travail de mon père, et je suis très fière de cet héritage. J'aime bien mon bureau la nuit. La nuit, le silence est différent, il y a un calme particulier, et la ville est fascinante.

— Je serais heureuse de voir ça. J'adore San Francisco… Comme Lane restait muette, elle continua : Et tes collègues ?

Lane lui fit une série de portraits rapides, souvent très amusants, des hommes avec lesquels elle travaillait. Elle lui détailla également le genre de problèmes qu'elle avait rencontré au cours de sa carrière et d'affaires auxquelles elle avait participé.

— Je déteste perdre. Après je rumine pendant des jours. Je n'arrête pas de me répéter que j'aurais pu m'y prendre mieux, me préparer plus sérieusement, présenter les faits de façon plus habile. Bref, je ne supporte pas la défaite… Ensuite elle évoqua ses études de droit et finit par lui demander une nouvelle fois : Tu es sûre que tout ça t'intéresse ?

— Bien sûr. C'est passionnant. Au-delà de l'influence qu'a pu exercer ton père sur toi, tu étais faite pour ça.

Lane parlait tranquillement. Tout en cherchant les mots pour formuler ses pensées, elle regardait fréquemment par la fenêtre d'un air distrait. Elle caressait les cheveux de Diana et, de temps en temps, s'arrêtait pour effleurer son visage avec le sien. Son souffle tiède était léger. Elle évoqua son enfance dans l'Oklahoma et son adolescence en Californie, et conclut :

— Voilà la vie de Lane Christianson ! Bon sang, je n'ai jamais autant parlé de toute mon existence. À ton tour, j'aimerais en apprendre un peu plus sur toi. Explique-moi en quoi consiste ton travail.

— Il n'y a pas grand-chose à raconter. Je voudrais m'occuper réellement de gestion des ressources humaines. Je suis diplômée depuis trois ans, mais jusqu'à présent, je me consacrais à Jack et je dois avouer que je me laissais porter par l'inertie. Il est si facile de se contenter de ce qu'on connaît. Dorénavant, je m'envisage différemment. Il y a tant de possibilités, tant de choses excitantes. J'ai l'impression d'être comme la girafe de Madge, en train de tendre mon long cou pour observer ce qui m'entoure… Lane sourit, couvrit ses yeux et sa bouche de petits baisers. Les paupières closes, Diana murmura : Tu as des lèvres incroyablement veloutées.

Du bout du doigt, Lane dessina le contour de la bouche de Diana :

— Les tiennes sont exquises… Parle-moi des choses que tu aimes. Quel genre de livres préfères-tu ?

Elles discutèrent lecture et musique. Lane passait la main dans les cheveux de Diana :

— Tu es très belle. Chez toi tout est courbes harmonieuses, même tes boucles. Raconte-moi une de tes journées. Mais dans une minute, d'abord…

Elles s'embrassèrent longtemps, Diana caressant le dos de Lane. Après quoi elle évoqua sa vie à Los Angeles. Lane laissa errer ses doigts sur son cou. Elle déboutonna le haut de son pyjama pour atteindre ses épaules, la naissance de sa poitrine. Il y avait déjà un moment que Diana la désirait, que l'excitation grandissait. Elle n'était plus surprise de la facilité et de l'intensité de son envie de Lane.

— Dis-moi comment c'est chez toi, je veux tout savoir.

Des ongles glissèrent légèrement sur sa gorge, dévièrent vers son dos.

— Tu ne me rends pas la conversation facile.

— Je m'en doute. Ça s'entend dans ta voix. Et je veux entendre ce que tu ressens quand je te touche. D'accord ?

— Oui. Si je peux.

— C'est tout doux dans ton cou, et tu as des épaules chaudes, ravissantes… Où habites-tu ?

— Dans un petit immeuble très tranquille. Il y a une chambre, une salle à manger…

Tandis qu'elle parlait, Lane la regardait, lui caressait les bras, la saignée des coudes, les poignets. Elle lui embrassa les doigts et les paumes.

— Tu as des mains superbes… très féminines… Quand tu m'enlaces, je sens la chaleur de tes bras, et j'adore en explorer et en baiser tous les recoins précieux. Et ta chambre ? Je veux que tu m'en décrives le moindre détail, les tons…

— Elle est crème, et mon couvre-lit bleu marine. L'un des murs est couvert de photos de l'océan.

Lane s'attarda sur ses seins, enferma leur rondeur dans ses mains fines et souples. Elle chercha les yeux de Diana qui, gagnée par le plaisir, devait faire des efforts pour continuer à parler.

— Quelle est ta couleur préférée ?

Les doigts de Lane voletaient, légers, en rythme, sur le bout des seins de Diana.

— Gris… bleu… Elle haletait.

— Ce n'est pas bleu-gris ? s'amusa Lane.

Diana put s'exprimer avec moins de difficulté quand les doigts de Lane quittèrent ses mamelons pour revenir sur la peau de sa poitrine.

— Non, il y a plus de gris que de bleu, affirma-t-elle en scrutant ses yeux.

— Certaines choses sont indescriptibles, dit Lane d'une voix grave et rêveuse. La fermeté et la divine souplesse de tes seins, par exemple. Leur façon d'épouser la forme de mes mains. Ils sont beaux, vraiment somptueux. Diana, où aimerais-tu vivre, si tu pouvais ?

— Au bord de la mer.

— Comment serait ta maison au bord de la mer ?

— Sur la plage. Avec des baies… vitrées immenses. Et… une cheminée… près des fenêtres, pour pouvoir… regarder à la fois le feu… et l'océan… Lane cessa d'embrasser l'un de ses seins pour s'intéresser à l'autre. Diana poursuivit : Et il y aurait aussi… des livres sur tous les murs… Et… un tapis épais… pour nous… Elle tendit ses lèvres à Lane.

— Diana.

— Oui.

— Regarde-moi. Je veux savoir ce que tu ressens.

Diana ouvrit les yeux. Ses paupières étaient lourdes, comme gonflées.

— J'ai l'impression de… d'être en guimauve.

— Il y a un endroit, là, près de tes mamelons, juste à côté, que j'adore embrasser. Je raffole de tes seins. Il n'y a qu'un seul autre endroit qui me dit exactement le plaisir que je te donne quand j'y pose les lèvres.

Ses baisers continuèrent tandis qu'elle faisait glisser son pantalon de pyjama :

— J'aime cette sensation de pouvoir… Diana ?

— Oui.

Elle était là, nue, respirant intensément sous l'effet de toutes les émotions qui affluaient en elle : les mains, la bouche et la langue de Lane sur elle, ses cheveux qui balayaient subtilement sa peau.

— Tu as un corps extraordinaire, qui s'abandonne dès que je le prends dans mes bras. Ta peau est douce pour mes mains, sucrée pour mes lèvres… Mais parle-moi de ta maison près de l'océan. À quoi ressemble ta chambre ? De quelle couleur la vois-tu ?

— Bleue… différentes nuances… de bleu.

Elle tressaillit en sentant Lane entre ses cuisses.

— Du velours… Je pourrais passer ma vie à te caresser et à t'embrasser là… Ta façon de trembler… Tes poils fins… Parle-moi de notre chambre, Diana… Comment est notre chambre ?

— Des baies vitrées… sur tout un… mur… et… une cheminée…

— Oh… Quel délice… Diana… Raconte…

— Lane… Elle parlait entre deux halètements, avec difficulté, en s'interrompant pour trouver les termes justes : Des flots, des rivières d'émotions… C'est comme un liquide chaud qui monte, monte… prêt à déborder, bientôt… bientôt et… ah… ah ça y est… il coule partout à la fois, dans ma gorge, le long de mes jambes, de mes bras, au creux de mes poignets… Partout… j'irradie… Ta bouche est divine… Elle se tut, elle s'en voulait d'essayer de décrire ce qu'elle ne pouvait décrire, de la pauvreté de ses mots. Mais Lane la serra brusquement, une étreinte involontairement douloureuse et Diana demanda tout à trac : Lane, quel goût j'ai ?

Lane resta silencieuse un moment. Elle jouait avec les cheveux de Diana :

— Plus qu'un goût, c'est un ensemble de sensations… tu es satinée à certains endroits et… complexe. Ça m'évoque l'odeur des arbres, des fleurs, de la terre, de la pluie. Le goût de… Comment pourrais-je… Soudain elle sourit : Je sais. Emily a parlé d'un colibri enivré de nectar. *Je goûte un alcool jamais distillé.* Toi, Diana.

— Tu me rappelles la mer.

— Je suis… salée ?

— Légèrement. Je ne sais pas. Je ne peux pas l'exprimer autrement. C'est comme être dans l'océan. J'adore ça… Elle se libéra des bras de Lane et se mit sur son séant : Pourquoi refuses-tu de parler de ce qui va se passer après ? Je ne suis qu'un intermède, Lane ?

— Non. Mais je pense que moi, en revanche, je pourrais très bien en être un pour toi.

Le choc pétrifia Diana. Puis elle secoua le tête, déroutée :

— Je ne comprends pas.

— Ces derniers jours, nous avons découvert toutes les deux des choses sur nous-mêmes. Mais tes découvertes et les miennes sont différentes. Toi, tu sais désormais qu'être avec une femme, c'est une possibilité. Moi, j'ai compris qu'être avec une femme, c'est une nécessité.

— Je ne comprends toujours pas.

— Tu viens de découvrir la possibilité de la sexualité entre femmes, mais tu n'as pas analysé les réalités que cela implique.

— Si, protesta Diana en repensant soudain à l'épreuve qu'elle s'était infligée avec Chick Benson. Nous pouvons dépasser tous les obstacles si nous voulons véritablement être… être ensemble.

— Tu n'as pas réfléchi à ce que tu dis, Diana. Tu n'en as pas eu le temps. Pas vraiment. Je le sais, parce que j'ai vécu cela pendant quinze ans. Tu confonds faire un choix en connaissance de cause et être courageuse.

— Je ne suis pas qu'un être sexuel, Lane.

— C'est exactement mon propos.

— Et je ne suis pas non plus une petite fille. J'ai trente-quatre ans.

— Tu as beaucoup de besoins… et beaucoup de possibilités.

— Je déteste les euphémismes, s'emporta Diana. Surtout dans ta bouche. C'est toi que je veux. Toi.

— Je te demande juste d'y réfléchir.

Avec désespoir, Diana s'entêta :

— Inutile. Je sais parfaitement ce que je ressens et je peux te le dire tout de suite.

Lane leva la main, d'un geste impératif :

— Non. Pas tant que tu n'es pas loin des étoiles, de la neige… de cette chambre… pendant quelque temps.

— Loin de toi.

— Quelque temps.

— Tu as besoin de réfléchir à ce que je représente dans ta vie ?

— En ce qui me concerne, c'est différent. Aujourd'hui, je sais que pour moi, Mark a été un accident de parcours… comme je le suis pour toi.

— Mais ça arrive.

Lane soupira :

— Bien des choses peuvent arriver, les étiquettes qu'on se colle sont absurdes. Mais notre avis là-dessus ne changera pas la réalité. Je veux que tu prennes le temps de penser à tout cela, à moi, dans le contexte de ta vie quotidienne. Quand tu es avec ta famille, avec tes amis, par exemple, ou quand tu fais des projets pour ton avenir professionnel. Je t'ai parlé de la réaction qu'aurait eue mon père en apprenant notre relation. Qu'en dirait le tien ?

— Il m'a élevée dans l'idée que je suis assez intelligente pour prendre les bonnes décisions, et que je ne dois me préoccuper que d'être heureuse.

— Et lui, ça le rendrait heureux ?

Diana hésita :

— Il s'agit de ma vie, Lane.

— Et tes amis ? Vivian ? Tes collègues ?

— Il s'agit de ma vie, répéta Diana obstinément.

— C'est bien ce que je dis. Je veux simplement que tu réfléchisses soigneusement à ton bonheur.

— Pendant combien de temps ?

— Un mois.

— Un mois ! s'écria Diana, horrifiée. Un mois sans te voir ? Je pourrais te parler, au moins ?

Lane secoua la tête :

— Il est possible que je ne sois pour toi qu'une maladie bénigne, une espèce de rougeole. Une rougeole carabinée, ajouta-t-elle avec un sourire orgueilleux. Tu es sous le coup d'une déception sentimentale avec un homme que tu aimais. Peut-être vas-tu renouer avec lui, ou avec un autre… et tu me rangeras dans ton album de souvenirs, au chapitre des liaisons les plus intéressantes et les plus originales. Dans tout cela, il est possible qu'il y ait un facteur psychologique en lien avec ton enfance, qui expliquerait ton besoin d'une femme.

Besoin qu'aujourd'hui, à travers moi, tu serais en train de dépasser. Tu peux avoir envie d'en parler avec un psy pour qu'on t'éclaire sur ce que tu éprouves.

— Un mois, autant dire l'éternité. C'est trop long !

— Après notre première nuit, quand j'ai compris que je ne te résisterais pas, j'ai passé la journée à méditer sur un vers d'Emily Dickinson : *J'avais eu faim, toutes ces Années*… Lane marqua une longue pause en l'observant : Toutes ces années, Diana. Et moi, je ne te demande qu'un mois. Un mois pour t'interroger sur ce qu'il te faut réellement.

— Moi aussi j'ai eu faim pendant toutes ces années, tu sais. J'attendais Lane Christianson, la personne, qu'elle soit homme ou femme.

— Personnellement, j'admets le fait suivant : je préfère que Diana Holland soit une femme, déclara Lane posément.

— Et si je n'ai pas besoin de tout ce temps ?

Lane sourit :

— Un mois, Diana. Le poème d'Emily Dickinson se poursuit en disant que certaines faims disparaissent, emportées lorsqu'on franchit le seuil. Si cette faim-là n'est pas emportée une fois le seuil franchi, elle durera de longues années.

Diana pensa : *Elle ne me laissera pas attendre un mois*.

— Très bien, répondit-elle.

— Tu m'appelles dans quatre semaines à partir d'aujourd'hui. Jeudi, à 19 h. D'accord ?

Diana se répéta : *Elle ne me laissera pas attendre*.

— D'accord.

Lane ouvrit le tiroir de la table de chevet :

— J'ai quelque chose pour toi. Je l'ai trouvé ce matin quand je suis allée passer mes coups de fil.

Elle remit à Diana un écrin à bijou en velours noir. Diana le prit, avec un regard interrogateur. Elle l'ouvrit et l'exposa à la lueur des étoiles. À l'intérieur, elle découvrit une petite croix en argent au bout d'une chaîne très fine. À chacune de ses extrémités brillait un diamant.

— La Croix du Sud, murmura-t-elle.

— Il fallait que je te l'achète. Comme ça, tu pourras contempler ta propre Croix du Sud, en attendant de la voir en vrai. Je suis tellement contente de l'avoir trouvée ! Je l'ai vue tout de suite, elle était présentée sur un plateau en velours noir, sans rien autour.

— Lane… Elle est magnifique !

Diana l'admira en faisant tourner le coffret, émerveillée par l'éclat discret de l'argent et le scintillement des diamants :

— Tu as fait des folies.

— Ça t'embête ?

Diana réfléchit avant de répondre :

— Non, ça me fait très plaisir. À moins que ce ne soit une extravagance que tu ne peux pas te permettre.

— Je peux. Tu veux que je te la mette ?

— J'aurais aimé t'offrir un cadeau, moi aussi. J'aurais aimé pouvoir t'offrir de courir nue sous la pluie.

Lane sourit :

— Si tu y réfléchis bien, Diana, tu ne crois pas que vu sous un certain angle, grâce à toi, j'ai couru nue et trempée de pluie ?

Diana lui tendit la boîte et observa ses doigts en train de dégager la croix et la chaîne des plis de velours. Elle la lui accrocha autour du cou et souleva le pendentif pour baiser l'endroit de sa poitrine où il viendrait reposer.

— Elle te va très bien.

Diana caressa le visage de Lane et l'embrassa doucement :

— Merci, Lane.

— Je t'en prie, répondit-elle d'une voix rauque, les yeux fermés.

L'air de rien, Diana dit :

— Il va falloir que je te dédommage. Tu ne me l'as pas offerte avec des intentions purement platoniques, si ?

Les lèvres de Lane se plissèrent en un léger sourire :

— Il y a beau temps que je n'ai plus la moindre intention platonique en ce qui te concerne.

— C'est bien ça qu'on appelle "payer en nature" ?

— Exactement. Mais je vais d'abord t'enlever la croix, parce que si on ne prend pas toutes les précautions, elle risque de te faire mal. Or je n'ai aucune envie de prendre des précautions.

— Tu es sûre que tu ne vas pas simplement rentrer chez toi pour t'acoquiner avec l'une de ces créatures lascives dont regorge San Francisco ?

— Dois-je comprendre que j'ai affaire à une femme jalouse ?

— Je ne l'ai jamais été. Je ne pensais pas ressembler en quoi que ce soit à Liz, mais si je te surprends à en regarder une autre…

— J'aime que tu sois jalouse, dit Lane en rangeant le bijou dans son écrin. Mais c'est inutile.

Diana soupira :

— Et maintenant, débarrassons-nous de ce pyjama. À ma manière cette fois, ajouta-t-elle en ôtant les mains de Lane de ses propres boutons, avant de la prendre dans ses bras : Moi aussi, je vais te faire décrire des choses, plaisanta-t-elle. D'abord, ton appartement, ensuite…

— Diana, je ne pourrai pas articuler le moindre son, répondit Lane d'un air grave. J'ai déjà bien assez de mal à respirer.

Diana prit son visage dans ses mains, repoussa avec tendresse ses cheveux pour lui embrasser le front :

— Il faut être équitable.

Elle la fit lentement glisser sur le lit :

— Je prévois de te couvrir de baisers de la tête aux pieds, avec un long arrêt à mi-chemin. Je pourrais au moins avoir un ou deux gémissements ?

— Les gémissements, je te les garantis, souffla Lane.

Merci pour tout, Liz. Je ne sais pas comment te remercier, dit Diana.

Elles étaient toutes rassemblées devant le chalet : Liz, Chris et Millie s'apprêtaient à gagner les pistes de ski, tandis que Lane rangeait sa valise dans le coffre de sa voiture. Liz répondit avec un sourire :

— Je suis très contente que tu sois venue. Et si tu as passé un bon séjour, alors tant mieux.

— Appelle-moi la prochaine fois que tu fais un saut à Los Angeles. Ce sera mon tour de te recevoir.

— J'espère bien que tu viendras me voir à San Francisco d'ici là.

— Ça me ferait très plaisir.

Diana serra la main de Millie et embrassa Chris. Elle prit ensuite les mains de Lane dans les siennes sans prononcer un mot. Lane la regarda longuement, pressa ses doigts et les relâcha, avant de faire demi-tour pour monter dans sa voiture.

Diana roula derrière elle sur la route de montagne. Au stop avant l'entrée sur l'autoroute, Lane se retourna, baissa sa vitre et appela :

— Diana ?

— Oui ?

Un fol espoir envahit soudain Diana.

— Fais bien attention à toi.

— Toi aussi, Lane.

Elle ne la quitta des yeux que lorsque sa voiture argentée eut disparu. Elle pénétra alors sur l'autoroute et se dirigea vers le Harrah pour récupérer Vivian.

— Je prends le volant jusqu'à Placerville, annonça celle-ci. Après on changera. Il vaut mieux qu'on tourne souvent, vu notre état d'épuisement.

— Je ne me sens pas fatiguée.

Elle se sentait plutôt vide ; vide de tout, sauf de tristesse et de doutes.

— Tu te traînes mon vieux, allez, bouge ton gros cul, bon sang ! grogna Vivian, pestant contre un camion qui peinait devant elles. C'est quand la prochaine zone de dépassement ?

— Dans cinq ou six kilomètres, il me semble, répondit Diana, absente. Dis-moi, Vivian. Une hypothèse : mettons que deux… jeunes gens de… cultures très différentes tombent amoureux. Elle, elle tombe amoureuse un peu par accident, c'est plus fort qu'elle et…

Vivian l'interrompit :

— Évidemment que c'est plus fort qu'elle. On choisit pas de se compliquer la vie par plaisir !

Diana ne releva pas et se concentra sur le choix des mots qu'elle devait employer :

— Ils font l'amour et l'homme n'avoue pas à la jeune fille combien elle est importante pour lui. Enfin, pas directement, parce que malgré cela, son comportement le laisse deviner. Tout ce qu'il fait manifeste clairement qu'elle compte énormément. Il lui offre un très beau cadeau. Et puis il lui demande de prendre un mois pour réfléchir à ce qui est arrivé entre eux, il veut qu'elle soit sûre de ses sentiments, sûre que leur relation vaudra la peine d'affronter tous les problèmes qui ne manqueront pas de surgir... Tu crois qu'il parle sérieusement ? Elle s'aperçut que Vivian la dévisageait et se hâta d'ajouter : C'est un débat que nous avons eu au chalet.

— En voilà une discussion idiote ! s'exclama Vivian en regardant à nouveau devant elle. La réponse est non, il ne parle pas sérieusement. Le meilleur indice, c'est le cadeau hors de prix... autrement dit le cadeau d'adieu. Si tu veux vraiment quelqu'un, tu te fous pas mal des conséquences. Ce genre d'amour-là... le genre d'amour où une personne en aime tellement une autre qu'elle est prête à courir le risque de la perdre... ça n'existe que dans les livres, ma petite.

Effondrée, Diana protesta :

— Eh bien moi, je suis convaincue que ça peut arriver dans la réalité.

— Parce que tu n'as pas assez vécu. Quoi qu'il en soit, ton hypothétique jeune fille sera fixée dans un mois... Elle éclata de rire : Si elle l'appelle et qu'il ne se souvient même pas de son prénom, elle va comprendre sa douleur ! Ma parole, vous avez parlé de drôles de trucs, au chalet.

— Oui.

Pour se redonner confiance, Diana sortit la croix de sous son pull et en caressa le métal, chaud du contact prolongé avec sa peau. Vivian donna un coup de volant brutal et doubla le camion dans un énorme vrombissement de moteur :

— Où est-ce que t'as eu ton permis, connard ?

Dans une pochette-surprise ? hurla-t-elle non sans lui adresser un doigt d'honneur. Quand elle eut regagné la voie de droite, elle se tourna vers sa passagère : Tiens ! Qu'est-ce que tu fabriques avec ça ? J'ai vu Lane Christianson en train de l'acheter hier au Harrah.

— Elle me l'a prêté, bafouilla Diana, en se sentant pâlir.

— Prêté ? répéta Vivian, incrédule, en freinant brusquement à l'approche d'un virage. J'ai jamais rien entendu d'aussi ridicule. C'est pas du toc. Figure-toi que dans la bijouterie où je l'ai vue, ils vendent pas de la pacotille.

— Elle a insisté, dit-elle en réfléchissant à toute allure. Elle l'a achetée pour... sa cousine de... de Laguna Beach...

— Sa cousine ?

— Je... Non, sa sœur, corrigea-t-elle désespérément. Elle a prévu d'aller lui rendre visite ce mois-ci pour la lui donner, et en attendant elle trouve qu'il est plus en sécurité avec moi.

— Ça, je veux bien le croire. San Francisco a tellement changé, il faudrait me payer pour y vivre ! Mais tu m'ôteras pas de l'idée que c'est un cadeau un peu cher pour une sœur.

Tout en s'efforçant de parler sur un ton neutre, Diana rétorqua :

— Pourquoi donc ? Elle a de l'argent. Elle est avocate, elle roule en Mercedes.

— Hum. Enfin quand même, pour une sœur...

Diana se hâta de faire diversion :

— Lane ne m'avait pas dit que vous vous étiez croisées au Harrah.

— Je vous en ai parlé hier, quand je vous ai vues toutes les deux, tu te rappelles ? Elle est restée muette comme une carpe quand je te l'ai raconté. D'ailleurs, elle avait aussi un comportement très bizarre en achetant ce bijou.

— Bizarre ?

— Comme si elle était ailleurs. Tu sais à quel point Vivian est curieuse… Alors je me suis approchée pour voir ce qu'elle achetait. Je lui ai parlé, mais elle regardait à travers moi, comme si j'étais transparente. En tout cas, elle est rudement belle, hein ?

— Oui.

— Liz m'a raconté qu'elle passe d'homme en homme comme une abeille de fleur en fleur. Madge l'appelle la Vénus Mangeuse d'Hommes.

Diana éclata de rire, soulagée que la conversation prenne un autre tour :

— Et alors ?

Elle s'aperçut soudain que peu lui importait avec combien d'hommes Lane était sortie… dès lors qu'elle, Diana, était la seule femme.

— Elle est pas un peu nympho ?

— Qu'est-ce que tu racontes ? s'écria Diana, stupéfaite. Et comment veux-tu que je le sache ?

— Vous avez passé du temps ensemble. De quoi vous avez parlé ?

— D'astronomie, de droit, de musique, de livres… Elle ajouta en souriant : Et aussi d'architecture, de décoration intérieure.

— Hum. Vu son physique et tous ces mecs, je suis sûre qu'elle est nympho. Sinon, elle serait mariée.

— Ah bon, et pourquoi tu n'es pas mariée, toi ? Et

moi, pourquoi je ne le suis pas ?

— Eh, pas besoin de monter sur tes grands chevaux ! Après tout, je m'en fiche pas mal, s'exclama Vivian en faisant une embardée. Ils devraient quand même se secouer pour arranger cette putain de route pourrie ! Diana, ma puce, je suis vraiment désolée que tu sois tombée sur un salaud pareil, poursuivit-elle, radoucie.

— Ne te ronge pas les sangs, le chapitre est clos. Je te serai éternellement reconnaissante de m'avoir convaincue de t'accompagner.

— N'exagérons rien !

Son ton trahissait de la satisfaction nuancée d'une légère perplexité.

— Je parle sérieusement.

— Tu te sens mieux vis-à-vis de Jack ?

— Je me sens mieux vis-à-vis de moi. Dorénavant, j'ai décidé de me battre pour garder ce que j'aime.

— Tu ne dis pas ça pour Jack ?

— Je le dis en général.

— J'espère au moins que tu auras appris à l'envisager avec un peu plus d'objectivité, que tu te seras rendu compte que ce n'est pas une grosse perte. Quand un homme de trente-huit ans a pour unique but de passer ses week-ends à jouer au golf, tu peux soupçonner qu'il n'a pas fait le deuil de son ours en peluche.

Diana s'esclaffa :

— Je m'incline devant tant de sagesse, Viv.

— Vivian sait de quoi elle parle.

Son amie lancée dans l'un de ses monologues fleuves, Diana joua avec la croix au creux de sa gorge, songeant à la difficulté qu'elle avait eu à mentir. Elle n'y était pas habituée. Or désormais, ce serait une interminable succession de mensonges pour se protéger, protéger ceux qu'elle aimait… et protéger Lane. Celle-ci lui avait demandé de réfléchir à leur relation dans le contexte de sa vie quotidienne. Serait-elle capable d'accepter de mentir, de tricher, de faire semblant ? Elle considéra froidement le courage qu'il fallait aux gens pour sortir de ce placard de secrets dans lequel elle venait à peine d'entrer. Quel sorte de courage avait-elle, elle ? Était-elle assez forte ?

Ce soir-là, de retour dans son appartement, Diana trouva un mot glissé dans son courrier.

Diana,
Ta secrétaire m'a dit que tu étais à Tahoe.
Je te promets de ne plus jamais t'embêter si tu acceptes de me voir une dernière fois.
Je passerai chez toi lundi, à 20 h, sauf si j'ai de tes nouvelles avant.
Je t'en prie, accepte. Fais-le pour moi.
Jack.

Abattue, Diana défit ses valises et se coucha aussitôt. Elle s'endormit en pensant au motel sur le lac, au corps de Lane, à ses cheveux dorés sur ses seins quand, blottie dans ses bras, le sommeil avait enfin eu raison d'elle.

Le lundi suivant, à 20 h pile, elle ouvrit sa porte à Jack Gordon. Dès qu'elle le vit, une vague de chaleur la submergea, et elle fut soulagée qu'il ne fasse aucun geste vers elle.

— Entre. Tu prends un verre ? Un scotch ?

— Oui, si tu as quelque chose à mettre dedans. Pour tout te dire, je n'en ai jamais beaucoup aimé le goût.

— Je m'en doutais.

Elle le regardait avec surprise. Il avait toujours bu l'alcool avec de l'eau et sans plaisir, refusant les cocktails, qu'il appelait des "trucs de pédés".

— Alors, ces vacances ? Tu as eu de la chance au casino ?

— Un peu. C'est un coin merveilleux.

— Oui, je me souviens. Tu voulais y retourner, et nous aurions dû. Tu as l'air très en forme, Diana. Mieux que jamais.

— Merci. Tu préfères une vodka avec du ginger ale ? Ça va sûrement te plaire.

Il acquiesça, la suivit jusqu'à la cuisine et l'observa pendant qu'elle préparait sa boisson.

— C'est mignon, commenta-t-il en jetant un coup d'œil autour de lui. Tu as tout joliment arrangé. Tu es douée pour ces choses-là.

— Merci. Toi aussi, tu as l'air en pleine forme. Tu es très élégant.

Il était rasé de frais, portait un costume gris clair, une chemise blanche et une cravate à rayures discrètes. Il était pimpant et beau.

Ils s'assirent l'un en face de l'autre dans le salon. Jack lui parla de sa famille et de certaines de leurs connaissances communes. Diana écouta distraitement, non sans une pointe d'impatience qu'elle identifia bientôt comme de l'ennui.

Jack fit une pause et, dans le silence qui régnait, il se racla la gorge :

— Je voulais te dire que je consulte un psychiatre. J'ai commencé à aller mal, et puis très mal à cause de tout ça, de la manière dont j'ai foutu en l'air quelque chose de très bien. Je vais être honnête avec toi, je veux que tu saches pourquoi j'y suis allé. C'était pour voir s'il pouvait m'aider à te récupérer… Une main sur le cou, elle l'observait. Il poursuivit : Depuis trois semaines, j'ai quatre séances hebdomadaires. Ça m'a permis de comprendre que je me suis comporté comme un crétin. J'ai découvert beaucoup d'aspects de moi-même que j'ai détestés mais que je dois affronter. Il est temps que je mûrisse un peu. Le psy m'a posé des questions sur toi, des questions auxquelles je n'ai pas été capable de répondre : ton avis sur telle ou telle chose, le genre de livres que tu aimes, etc. Merde, je n'en avais pas la moindre idée ! Cinq ans à vivre avec toi, à être amoureux de toi ! Je regrette de t'avoir traitée comme ça. J'ai été un con… Diana continuait à le regarder, perplexe : Je suis beaucoup plus sérieux depuis que tu… depuis que nous nous sommes séparés. D'ailleurs, tout le monde devait attendre avec impatience que je prenne un peu de plomb dans la cervelle, parce que Richardson vient de me pistonner pour un poste de directeur commercial.

— Jack, c'est formidable ! se réjouit Diana. Tu seras parfait, tu as un excellent contact avec les gens…

Il lui adressa un sourire chaleureux et impatient :

— C'est gentil, chérie. Mais il y a un hic : je suis muté à l'agence de Floride, à Fort Lauderdale. Je pars dans une semaine.

— Je vois.

Elle eut l'impression de recevoir une grêle de coups minuscules.

— J'y ai beaucoup réfléchi et j'en ai discuté avec

le docteur Phipps. J'ai décidé d'y aller. Si nous restons séparés, il vaut mieux que je m'éloigne. Et si nous nous remettons ensemble, ça nous fera du bien de tout recommencer à zéro loin d'ici. Je pourrai te prouver combien j'ai changé, dit-il en la regardant d'un air suppliant. La Floride, c'est bien. Si je fais du bon boulot, je n'y resterai qu'un an, deux au maximum. Et puis si nous ne nous y plaisons pas, nous pouvons toujours revenir.

— Je ne doute pas que la Floride, ce soit bien, murmura-t-elle.

— Je veux que tu viennes avec moi, pour qu'on prenne un nouveau départ. J'aimerais beaucoup qu'on se marie, mais si tu ne veux pas, ça n'est pas grave. Viens avec moi, Diana… Donne-moi une deuxième chance.

— Non, Jack, répondit Diana avec une absolue certitude et sans aucune douleur.

Jack soupira, contempla son verre, fit tinter les glaçons :

— Penses-y. Prends deux jours pour y réfléchir.

— C'est inutile.

— Je t'aime, Diana. J'ai besoin de toi.

Il avait des yeux et un ton implorants. Résignée, Diana lui dit à contrecœur, sachant que c'était inévitable :

— Tu as besoin de quelqu'un, oui, mais pas forcément de moi. Tu peux tomber amoureux de beaucoup de femmes et c'est peut-être ce que tu devrais faire.

— Tu es la seule que j'aime. Personne d'autre n'a jamais compté pour moi. Tu m'aimais… Tu sais que c'est vrai.

— Ça ne suffit pas.

— On a partagé des tonnes de bons moments. Tu te souviens ? Les petits déjeuners au lit, quand on se lisait le journal à voix haute ? Bourbon Street ? Tu te rappelles quand nous l'avons découverte en amoureux ? Comme c'était bien ? Et nos escapades à Las Vegas, Noël dans le Yosemite ? C'était formidable ! Nos amis veulent nous revoir ensemble. On manque à Bud et Rita pour les parties de poker du vendredi soir.

— Ça ne suffit pas.

— Au lit, c'était fantastique, tu ne peux pas le nier. Nous nous entendions à merveille. Le docteur Phipps m'a expliqué qu'il y a peu de gens qui font l'amour aussi souvent et de façon aussi satisfaisante que toi et moi. Et continuer à se désirer après cinq ans, c'est inespéré.

— Ça ne suffit pas.

— Il y a déjà quelqu'un d'autre. C'est ça, Diana ?

Elle toucha la croix dans son cou, cachée sous les plis de sa robe.

— Je n'ai aucune raison de répondre à cette question.

— Il y a quelqu'un d'autre, donc.

— Je viens de te donner ma réponse.

Il prit sa vodka. Une goutte coula le long du verre glacé et tomba sur la table. Diana pensa à des doigts fins qui jouaient avec la buée d'un autre verre. Jack, lui, frotta soigneusement la goutte jusqu'à ce qu'elle disparaisse totalement :

— Alors… c'est vraiment fini ?

Diana hocha la tête :

— Oui.

— Le psy dit que parfois, l'amour se termine, point. Il ne reste rien, l'étincelle disparaît, c'est fini… Elle ne répondit pas : Je ne sais pas si c'est vrai, mais il est inutile de s'acharner. Je suis un bon commercial, mais tu connais parfaitement le produit que j'essaye de te vendre, tu l'as eu pendant cinq ans. Je veux quand même que tu sois bien consciente que c'est une version améliorée que je te propose. Je suis là encore une semaine, au cas où tu changerais d'idée… Il se leva, marcha vers la porte à pas lents puis s'arrêta : On peut rester amis, au moins ?

— Oui. Mais nos vies vont prendre des chemins très différents.

Elle ouvrit la porte, désireuse qu'il s'en aille sur-le-champ. Elle était au bord des larmes.

— Je peux t'embrasser ?

— Non, Jack… Quand il s'approcha, ses mots claquèrent : Ne t'amuse pas à essayer !

— Je te dégoûte à ce point ?

Son expression se contracta de douleur et de colère.

— Non, mais ça n'a plus de sens.

— Bonne chance, dit-il avec brusquerie. Tu sais où me trouver.

— Bonne chance à toi.

Elle se posta près de la fenêtre du salon, en proie à une impression de désolation et de solitude. Tandis qu'elle séchait ses pleurs, elle se souvint de lèvres douces et chaudes qui lui embrassaient les yeux, effaçaient ses larmes. Elle se tourna et contempla le téléphone, ce téléphone qu'elle utiliserait trois semaines et trois jours plus tard. Elle désira ardemment que le temps soit déjà passé, tourmentée par l'éventualité que son appel reste sans réponse.

Elle regarda la voiture de Jack démarrer et s'éloigner, ses phares s'évanouissant rapidement dans la nuit. Une légère odeur de feu de bois flottait dans l'air du printemps, sans doute la fumée d'une cheminée. Diana en emplit ses poumons, à présent consciente qu'elle ne reviendrait plus en arrière. Elle pensa : on dirait que quelqu'un est en train de brûler ses vaisseaux.

Le soir, elle se couchait tôt et le week-end, elle faisait la grasse matinée. En fait, elle restait au lit pendant des heures, dans un état nébuleux de demi-veille. Elle voyait défiler mentalement une galerie de souvenirs, de longs épisodes ou de courtes scènes, des images arrêtées ou en flot continu des instants partagés avec Lane. Elle tentait d'en retenir certains, dans sa mémoire rêveuse et hors du temps : l'éclat intelligent des yeux de Lane quand elle exprimait une idée ; le sourire de Lane ; le visage de Lane dans la pénombre de leur chambre ; Lane pendant l'amour, ses lèvres sensuelles entrouvertes pour laisser échapper de profonds soupirs, ses yeux hermétiquement clos qui masquaient à Diana son émotion et la gardaient dans le secret de son intimité lorsque l'orgasme l'épuisait.

Elle eut bientôt du mal à se fixer sur les traits de Lane : quand elle essayait de les revoir précisément, tout devenait flou. Elle se reprocha avec amertume de ne pas avoir de photo. Les images les plus nettes qu'elle avait d'elle surgissaient dorénavant à partir d'autres personnes : le détail d'une expression, une silhouette, une démarche, une mèche de cheveux tombant sur un front… Tout cela provoquait l'apparition soudaine d'images bouleversantes, qui commençaient à s'évanouir à l'instant même où Diana les contemplait.

Elle avait une conscience aiguë de son propre corps, qu'elle examinait d'un œil extrêmement critique : sa ligne, sa peau, son tonus musculaire… Elle ne cessait d'arranger ses cheveux ou de s'occuper de ses ongles. Elle se mit même au sport, s'appliquant à un exercice intense une heure par jour. Elle en ressortait exténuée, pantelante. Le soir, elle partait pour de longues promenades et marchait l'esprit voilé, bercée par la cadence de son pas. La pensée finit par la traverser que Lane risquait d'appeler – sur une impulsion, peut-être. Raisonnablement, elle savait que Lane était bien trop disciplinée, trop maîtresse d'elle-même pour cela, mais elle n'en décida pas moins de mettre un terme à ces sorties.

La première semaine après avoir revu Jack, elle ne cessa de tourner comme un lion en cage dans son appartement, en remâchant sa colère. Si Lane l'aimait vraiment, elle céderait, elle passerait outre leur accord et l'appellerait. C'était Lane qui provoquait tout cela, elle qui la faisait souffrir et attendre, elle qui suscitait cette angoisse et ces doutes.

Le jour, elle s'occupait l'esprit grâce à son travail : elle s'évertuait à atteindre la perfection même dans la paperasse, se plongeait à corps perdu dans ses entretiens. Le soir, elle était incapable de fixer son attention sur la télévision ou la lecture plus de quelques minutes. Il lui était également impossible d'écouter de la musique, parce qu'elle avait découvert que cela la tourmentait. Elle s'employait donc à réaliser des recettes de cuisine élaborées qui exigeaient des efforts considérables et toute son attention. Ensuite, elle mangeait distraitement le résultat obtenu en feuilletant une revue ou un journal ; pour elle, l'intérêt des repas se limitait strictement à leur préparation.

Trois semaines après leur retour de Tahoe, Vivian l'invita à déjeuner et la réprimanda affectueusement :

— Tu ne viens pas me voir, tu ne m'appelles pas ! Je sais bien que je suis une emmerdeuse de première, mais tu pourrais quand même être polie, ne serait-ce que parce que nous sommes amies depuis des lustres. Je croyais que ça irait mieux après les vacances.

Avec une expression contrite, Diana expliqua :

— Ça va passer. J'ai besoin d'être seule, c'est tout. Laisse-moi respirer et ne t'inquiète pas.

— Je ne peux pas, mon chou. Tu es trop isolée dans cet appartement, dit Vivian en lui prenant la main pour la frotter dans les siennes. Tu sais, les gens qui ne voient ni ne parlent à personne finissent par développer… des problèmes, poursuivit-elle d'une voix préoccupée. On risque la dépression nerveuse.

— Oh, Viv, je t'en prie, arrête de te faire du souci, gémit Diana, gagnée par la culpabilité. Ça n'a rien à voir. Il me faut juste un peu plus de temps et… je vais changer, je te le promets.

— Bon, d'accord, répondit Vivian sans conviction. Heureusement que je te vois tous les jours au bureau.

Plus les heures passaient et plus Diana était tourmentée par la certitude que les sentiments de Lane ne survivraient pas à la séparation. D'innombrables facteurs jouaient en leur défaveur. Quatre jours et cinq nuits, ce n'était pas assez ; leur relation était trop fragile et trop périlleuse pour durer. Lane avait dû se replonger dans le travail, investir de nouveau son énergie et ses émotions dans sa carrière. L'influence de son père reviendrait se faire sentir… Même depuis la tombe, sa désapprobation la conduirait une fois de plus à renoncer à ses désirs les plus vifs.

Carol se mit également à l'obséder. Elle n'avait encore jamais connu la jalousie, qui l'assaillit soudain avec férocité. Aujourd'hui, cette femme devait avoir trente-trois ans et être toujours très belle – voire davantage. Peut-être Lane l'aimait-elle encore, malgré les années écoulées ? Peut-être déciderait-elle de partir à sa recherche, maintenant qu'elle s'était libérée des inhibitions qui l'avaient empêchée de vivre ce qu'elle avait tant désiré ? Diana n'arrêtait pas de penser à Carol : pendant ses exercices de gym, en se faisant les ongles, en mettant de la crème sur sa peau, en se brossant les cheveux… Elle éprouvait pour elle une haine viscérale et se consumait de fureur.

Il lui arrivait aussi de songer douloureusement à Jack. Avant de partir pour la Floride, il l'avait appelée pour la supplier une dernière fois. Il avait fini par craquer et fondre en larmes. C'était la première fois qu'il pleurait devant elle. Elle était restée calme, avait noté sa nouvelle adresse à Fort Lauderdale comme si elle écoutait un étranger en train de lui fournir une information quelconque. Après quoi elle était restée allongée dans son canapé pendant des heures, à sangloter : les pleurs de Jack l'avaient poignardée et elle s'était sentie complètement seule, plus triste qu'elle l'avait jamais été.

Ce qu'elle avait le plus de mal à supporter, c'était la longueur vide des week-ends. Elle fuyait donc sa solitude auprès de son père, chez qui elle alla passer trois dimanches de suite. Elle débarquait tôt le matin et restait jusqu'à la tombée de la nuit. Ils regardaient le sport à la télévision, elle lui faisait la cuisine, ils jouaient aux cartes, elle écoutait ses anecdotes d'enseignant, ils se rappelaient l'époque où ils vivaient ensemble.

Le dernier dimanche avant le coup de téléphone qu'elle devait passer à Lane arriva. C'était une agréable journée d'avril. Cet après-midi-là, elle était assise près de son père à la table du jardin, derrière la maison, où ils faisaient une partie de cartes. Alors qu'elle ramassait les cartes pour les mélanger, il posa ses énormes mains sur les siennes :

— Tu sais que j'ai pour règle de ne jamais me mêler de ce qui ne me regarde pas.

— Je ne sais pas si je mérite une telle confiance, dit-elle, détendue par cette marque de tendresse. En tout cas, je t'en ai toujours été reconnaissante.

— Il m'est arrivé d'avoir du mal à m'y tenir. En particulier quand tu étais mariée. Mais tu étais adulte… Il retira ses mains pour chercher sa pipe dans la poche de sa chemise à carreaux : J'ai eu l'immense plaisir de te voir beaucoup ces temps-ci.

Crois-moi, ce n'est pas que je n'aime pas t'avoir ici mais...

— Je vais très bien, Papa, murmura-t-elle en baissant les yeux. Je n'ai pas de problème.

Il alluma sa pipe, tassant un peu le tabac tandis qu'il approchait la flamme. Elle n'avait jamais compris comment il se débrouillait pour ne pas se brûler le doigt.

— Il y a des coïncidences qui m'inquiètent, ma chérie. D'abord, Jack. Maintenant, je peux bien te l'avouer, quand vous viviez ensemble, j'ai eu beaucoup de doutes à son sujet. Je préfère les hommes qui épousent leur compagne et font tout ce qu'ils peuvent pour la protéger. J'ai beau être un démocrate large d'esprit, je n'en reste pas moins un peu vieux jeu sur certains points. Mais Jack m'a montré une nouvelle facette de sa personnalité. Je l'ai trouvé plus mûr. Il m'a demandé de l'aider auprès de toi. Il va de soi que j'ai refusé, je n'aurais pas pu, ni voulu... Mais désormais, j'ai davantage de respect pour lui.

Elle garda le silence, observant son père qui caressait sa barbe grise de l'index et du pouce, un geste caractéristique chez lui. Il tira sur sa pipe en la scrutant de ses yeux marron clair tout semblables aux siens.

— Après, c'est Vivian qui a appelé. Et pour qu'elle, elle appelle... Il soupira : D'accord, c'est une amie de la famille, mais c'est à toi qu'elle est le plus attachée. Ces deux détails réunis, avec en plus le fait que tu viennes ici aussi souvent : une femme de ton âge qui éprouve soudain le besoin de passer ses dimanches avec son père... Il soupira de nouveau :

J'ignore ce qui t'arrive, mais je vois bien que ça n'a rien à voir avec Jack. Je mesure combien ton divorce a été terrible pour ton amour-propre, or je ne crois pas que cette séparation puisse être comparable. Je veux que tu me dises ce qu'il y a.

Diana battit les cartes, se donnant le temps de réfléchir. Elle ne pouvait pas en parler à son père, bien sûr, mais qu'allait-elle lui raconter ?

— Papa, je ne vais pas te mentir en te disant qu'il n'y a rien. Mais je vais bien, je t'assure… Elle lui adressa un sourire, qu'elle espéra désarmant : Je te demande respectueusement de t'en tenir à ta règle de non-ingérence.

Il sourit à son tour et repoussa de son front une mèche poivre et sel.

— Moi aussi, il y avait des choses que je ne confiais pas à mes parents, surtout quand j'étais jeune. Mais c'était une autre époque. Toi et moi, nous sommes deux personnes mûres et intelligentes, mieux informées que la plupart des gens. Il n'y a pas grand-chose sur cette terre qui pourrait me surprendre et encore moins me choquer.

Elle hésitait. Continuant à battre les cartes, elle observait son père anxieusement. Il posa sa pipe sur la table et remit les mains sur celles de sa fille :

— Je te connais. Rien de ce que tu es susceptible de me dire ne pourrait… me choquer.

Elle rassembla son courage et le regarda droit dans les yeux :

— Papa… Et si je te disais que je suis tombée amoureuse d'une femme ?

Il contempla leurs mains. Il retourna celles de Diana et lui caressa les paumes pendant de longues secondes. Puis il planta un regard absent dans celui de sa fille :

— Quand tu as eu seize ans, j'ai commencé à me préparer à toutes les éventualités. Je t'ai imaginée ramenant un jour à la maison un Noir, un Chicano, un Juif orthodoxe barbu, un joueur de sitar aux cheveux longs jusqu'aux fesses… Il sourit soudain, l'air de se moquer de lui-même : Je me demande pourquoi je n'ai jamais eu l'idée de… Il la lâcha et reprit sa pipe : J'ai besoin d'un peu de temps. Est-ce que tu sais pourquoi tu… ? Il la regarda avec impuissance.

— Je n'ai jamais su ce dont j'avais besoin, ni même que j'avais besoin de quoi que ce soit. Jusqu'à ce que je découvre ça.

— Est-ce que… est-ce que c'est parce qu'après ta mère… Il déglutit, il avait du mal à parler : Parce que je ne t'ai jamais donné d'autre… ?

Elle lui agrippa les bras :

— Non, Papa, absolument pas. C'est ridicule. La plupart des enfants qui ont leurs deux parents ne reçoivent pas autant d'affection que moi.

— Mais, ma chérie, pourquoi… aujourd'hui ? À moins que… Barbara et toi… ?

— Non. Peut-être que ça aurait pu… En tout cas, ça ne s'est pas produit.

— Ce… cet amour ne te rend pas heureuse. Au contraire.

— Ce n'est pas ce que je ressens qui m'attriste, Papa, c'est de ne pas être certaine de ce qu'elle ressent, elle. Elle a insisté pour que nous nous séparions afin que j'analyse mes sentiments.

— Depuis combien de temps la connais-tu ?

— À peu près un mois… Visiblement rasséréné, il reprit sa pipe et tira une bouffée – pour cacher un sourire, sembla-t-il à Diana. Elle poursuivit très calmement : Papa, c'est le sentiment le plus fort et le plus profond que j'aie jamais éprouvé.

Il posa de nouveau sa pipe, se pencha sur la table, lui attrapa les épaules, et la libéra aussitôt :

— D'accord, je suis un homme, mais je ne comprends pas. Qu'est-ce qu'elle peut bien te donner ?

— De la tendresse, répondit-elle au bout d'un instant. Et son propre besoin que je lui en apporte.

— Je suppose que… physiquement… ça ne doit pas… être très important.

Elle tâcha de rester impassible :

— Tu es sûr de vouloir que je t'en parle ?

— Diana, et si ça ne marche pas ? Qu'arrivera-t-il ?

Elle saisit parfaitement ce qu'il lui demandait en vérité, et elle prit le temps de réfléchir :

— Je rechercherais la même chose. Sans aucun espoir de trouver. Quant à la question de savoir où j'irai chercher…

Lorsqu'il l'interrompit, elle vit qu'il tenait vraiment à connaître sa réponse :

— Écoute, chérie, il y a beaucoup de personnes formidables sur terre. Plein de gens prêts à donner et à recevoir… de la tendresse.

— Pourquoi ne t'es-tu jamais remarié ? Maman est morte il y a trente ans.

Il l'observa :

— Es-tu sérieusement en train de comparer ça et… ?

— Oui. En effet. Quand t'es-tu rendu compte que

tu aimais Maman ? Combien de temps t'a-t-il fallu pour tomber amoureux d'elle ? Y a-t-il jamais eu d'autre amour comparable à celui-là ?

Il se tut. Ils restèrent assis en silence. Diana s'emplit du parfum sucré des fleurs d'oranger du jardin voisin. Finalement, elle dit :

— C'est toi qui as insisté pour savoir… Elle s'efforça de prendre un ton plus léger pour ajouter : Tu m'avais promis que rien ne te choquerait.

Les yeux pleins de larmes, il répondit faiblement :

— Ne t'attends pas à ce que je me réjouisse de quelque chose qui risque de faire souffrir celle que j'aime le plus au monde… Il s'éclaircit la gorge, se caressa la barbe et essaya de sourire : Mais donne un peu de temps à ton démocrate de père si large d'esprit… Il ramassa les cartes et les lui tendit : En attendant, coupe, c'est à moi de distribuer.

Le jour de son coup de téléphone à Lane, elle se réveilla en pleine forme grâce à une nuit de sommeil ininterrompue. Ses insomnies étaient enfin terminées. Elle se rendit à son travail avec entrain.

En fin d'après-midi, elle appela l'horloge parlante et régla sa pendule. Elle fit les cent pas dans son appartement, puis s'assit, très tendue, à la table de travail de son salon, sans quitter des yeux les aiguilles qui se rapprochaient de 19 h, à l'autre bout de la pièce.

Son cœur battait la chamade quand elle composa le numéro, depuis longtemps gravé dans sa mémoire, inscrit sur la carte près du téléphone. Elle pressa les touches avec application.

— Diana ? Lane avait à peine laissé sonner une fois.

— Je m'apprêtais à essayer de te vendre un cours de danse, réussit à dire Diana.

Le rire de Lane était doux et chaleureux :

— Tu vas bien ?

— Oui. Et toi ? Diana tremblait de joie et de soulagement.

— Très bien. Tu as l'air un peu… Tu es sûre que ça va ?

— Oui. Mais j'ai passé quatre semaines à me dire

que tu pouvais être malade ou que quelque chose avait pu t'arriver sans que je le sache…

— Moi aussi. Qu'est-ce que tu as fait de beau ?

— J'ai attendu que ça passe.

— Tu as… un peu réfléchi ?

Diana répondit avec sérénité :

— Je comprends que tu aies eu besoin de me donner du temps, mais moi, je n'avais pas besoin de réfléchir.

Il y eut un silence. Diana entendit un soupir mêlé au grésillement de la ligne téléphonique.

Lane prit la parole :

— Ç'a été… très long. Il y a beaucoup de choses dont il faut que nous parlions maintenant, des choses que je veux te dire…

Diana s'assit et ferma les yeux très fort. Elle se détacha de tout ce qui n'était pas le son et les intonations de la voix de Lane :

— C'est trop difficile de discuter au téléphone, je voudrais… Je voudrais tellement te voir.

— Me permets-tu de prendre ça comme une invitation ? demanda Lane sur un ton grave. Je peux être là un peu après 21 h.

— Oh, Lane, oui ! Diana sentit son pouls s'affoler dans sa gorge.

— Vol numéro 124. Arrivée 21 h 10 à Burbank. Tu viendras me chercher ?

— J'y serai.

— Diana ?

— Je t'écoute.

Lane ne répondit qu'au bout d'un moment. Elle avait la voix rauque :

— Rien. On se voit dans deux heures.

Elle raccrocha. Hébétée, Diana jeta un coup d'œil circulaire à son appartement. Elle se dirigea vers le canapé pour retaper les coussins et ramassa quelques magazines qui traînaient sur la table basse.

Ce soir elle serait avec Lane. Avec Lane.

Elle laissa tomber les magazines et se précipita pour se faire couler un bain, en se demandant comment elle s'habillerait pour aller à l'aéroport.

Lane fut la troisième passagère à descendre de l'avion. Diana perçut dans un vague brouillard qu'elle portait un pull et un pantalon gris avec une veste bleu marine à la coupe très sobre ; des bras la serrèrent, des cheveux blonds lui caressèrent le visage :

— Dans les aéroports, les gens s'étreignent souvent, mais rarement aussi longtemps, murmura Lane près de son oreille. Elles se séparèrent. Lane recula un peu : Bonjour.

— Bonjour… Diana, encore troublée par son parfum, la couvait des yeux : Tu es éblouissante.

— Toi aussi, si tu savais. J'aime beaucoup ta robe.

Diana avait mis une robe blanche en laine légère avec un décolleté en V dans lequel brillait sa croix :

— Je me suis dit que ça changerait un peu.

Elle avait voulu prendre un ton détaché, mais elle avait parlé avec un peu de gêne.

— Ça me plaît énormément… Le regard très bleu de Lane était timide : Allons-y, je voudrais qu'on s'éloigne de la foule.

Elles avancèrent dans les couloirs du terminal. Diana demanda distraitement :

— Comment s'est passé ton vol ?

Lane haussa les épaules et lui effleura le bras :

— Bien, très bien. Long.

— Et tes... ? Tu n'as pas de bagages ?

— J'ai une brosse à dents dans mon sac, mais il me semble que j'ai oublié mon pyjama.

— Je suis persuadée que nous trouverons un moyen de te tenir chaud.

Lane eut un sourire malicieux et dit :

— Je repars très tôt, il faut que je sois au tribunal demain. Mon avion décolle à 7 h. Je prendrai un taxi.

— Pas question ! Je suis tellement contente que tu sois là. Je t'y conduirais à trois heures du matin s'il fallait.

Elles montèrent dans la voiture de Diana.

— Tu as minci, fit remarquer Lane. J'ai d'abord cru que c'était ta robe.

— J'ai arrêté de prendre la pilule. Je suppose que ça vient en partie de là.

Lane tendit la main, lissa une mèche de ses cheveux :

— Je suis contente que tu... Tu as l'air bien. Tu viendras à San Francisco ce week-end ?

— Oui, si tu veux, répondit une Diana que le choc fit frémir.

Le week-end ? Elle voulait dire juste le week-end ?

— Évidemment que je veux. Tu peux arriver demain soir ? Comme ça, on passera ensemble les nuits de vendredi, samedi et dimanche. Je t'amènerai à l'aéroport lundi matin à la première heure. Qu'en penses-tu ?

— D'accord.

Était-ce donc cela qu'elle avait en tête ? Qu'elles s'en tiennent à se voir une fois par semaine ?

— J'ai un billet d'avion pour toi.

Les mots échappèrent à Diana :

— On dirait que tu as tout prévu. Tu étais sûre que j'appellerais, c'est ça ?

Lane éclata d'un rire ironique et amer :

— Loin de là. Mais le meilleur moyen que j'ai trouvé pour supporter le mois qui vient de s'écouler, c'était de me convaincre que tu téléphonerais, de tout organiser en partant de l'idée que tu le ferais. Penser que tu puisses ne pas appeler... m'était insupportable. Et je suis une experte quand il s'agit d'éviter de réfléchir à ce qui fait mal.

— Tu as dîné ? demanda Diana, amadouée, digérant la réponse de Lane.

— Non, j'étais trop... Il y a un fast-food dans le coin ?

— Il y en a partout. Mais si je t'improvisais un petit dîner, ça t'irait ?

— Très bien.

Diana ouvrit la porte de son appartement. Lane ôta sa veste et la déposa sur une chaise, en un geste qui plut à Diana. Elles se rapprochèrent l'une de l'autre. Lane prit le visage de Diana dans ses mains et l'observa, le regard impénétrable, l'air tendu et dur. Soudain, elle lui agrippa l'épaule avant de laisser glisser sa main vers ses seins. Elle l'attira contre elle en une étreinte ferme et délicieuse. Sa bouche, d'abord tendre, se fit rapidement possessive.

Elles restèrent ainsi un long moment, jusqu'à ce que Diana suggère tout bas en lui caressant le dos :

— Donne-moi le temps de te préparer à manger.

— Oui, mais quelque chose de léger. Et fais-moi d'abord visiter.

Se tenant toujours l'une contre l'autre, elles parcoururent les pièces. Lane examina les tableaux et les livres, les sculptures en verre et la pendule allemande, cadeau du père de Diana. En pénétrant dans la chambre, Lane dit :

— Tu l'as très bien décrite.

Embarrassée, gagnée par la chaleur de ses souvenirs, Diana s'agita sous le bras de Lane. Cette dernière éclata d'un rire cristallin, vaguement moqueur. Elle la serra de nouveau ; les lèvres dans l'échancrure de sa robe, elle murmura :

— Je n'ai absolument pas besoin de dîner.

Les yeux fermés de plaisir, Diana dut faire un effort pour répondre :

— Si... Elle recula d'un pas et sortit ses mains qui s'étaient faufilées sous le pull de Lane : Il va falloir que tu prennes des forces.

— Ah oui ? Tu as l'intention de me faire passer encore une nuit blanche ?

— Qui ? Moi ?

Elles se dirigèrent vers la cuisine, main dans la main.

Diana pensait : *Il est impossible qu'elle ne nous envisage que comme des amantes occasionnelles, impossible !*

— Tout est différent quand on sait qu'on a la nuit du lendemain et qu'ensuite il y aura d'autres nuits, n'est-ce pas ? dit-elle.

— Oui, ça n'a rien à voir.

Diana leur servit deux verres de vin :

— Tu veux un sandwich ? Un hamburger ? Des œufs au bacon ? De la soupe ? Elle sourit : Un peu de tout ?

— Tu as du bouillon de poule ?

Diana la regarda avec tendresse :

— Avec la nourriture, tu es une vraie petite fille. Que dirais-tu d'un hamburger avec ta soupe ?

— Ça me semble parfait, répondit Lane avec un grand sourire. Elle s'assit au comptoir de la cuisine et but du vin sans cesser de regarder Diana qui lui préparait à manger : Toi aussi, grignote quelque chose. Au moins une assiette de soupe, si tu n'as pas très faim. Juste pour m'accompagner.

— Marché conclu. Tu as eu des nouvelles des filles du chalet ?

— Oui. D'après ce que je sais, pas de changement entre Madge et Arthur. Madge n'est pas très bavarde sur le sujet... mais je suppose qu'elle continue à travailler sur son manque de courage. Millie est égale à elle-même. Quant à Chris, elle sort avec un homme qui habite dans son immeuble. Selon Madge, Liz s'inquiète parce qu'il a quarante ans et que Chris en a cinq de plus. Pas étonnant qu'elle ne se soit jamais mariée ! D'abord, il y a eu sa mère et voilà que maintenant, sa dominatrice de petite sœur a pris le relais. La nouvelle explosive, c'est que la jeune maîtresse blonde de George l'a foutu dehors !

— Ça alors ! Il a appelé Liz ?

— Pas pour le moment. J'imagine que son orgueil n'est pas encore prêt. Mais il a amorcé les manœuvres de rapprochement. Il multiplie les allusions plus ou moins directes auprès de leurs deux fils sur la chance qu'il avait d'être marié avec leur mère… Lane rit : Je suis sûre qu'il finira par arriver à ses fins. Elle goûta la soupe, mordit dans son hamburger : Hmm, tout est délicieux.

Elles étaient assises l'une en face de l'autre. Diana mangeait de temps en temps une cuillerée de soupe, surtout occupée à contempler, non sans satisfaction, Lane en train de dîner. Elle prit le billet d'avion posé sur le comptoir et le regarda :

— Je ne t'ai pas encore remerciée pour ça. En fait, je n'ai même pas… Elle s'écria avec surprise : Première classe !

— Oui.

— Pour San Francisco ?

— Je sais que le trajet est court, mais je tiens à ce que tu voyages confortablement.

— Tu es folle… Diana secoua la tête, enchantée : Et adorable.

— À la maison, il y a un tas de choses pour toi. Chaque fois que j'avais une crise d'angoisse, je sortais et je t'achetais un cadeau, un peu comme pour me convaincre que tu allais appeler. Pour certains, ils sont un peu bizarres. Quatre pulls, des bijoux, un stylo en argent, un tee-shirt avec écrit *I Left My Heart in San Francisco*…

Diana ne cessait pas de rire :

— Décidément, tu es folle à lier. Moi aussi, j'ai un cadeau pour toi, mais rien qu'un.

— Qu'est-ce que c'est ?

— Tu verras. Durant ces quatre semaines, je n'ai fait qu'un seul truc vraiment dingue. Un samedi, je suis allée chez Bullock pour sentir tous leurs parfums jusqu'à ce que je réussisse à dénicher le tien.

Je ne sais pas ce qu'ils ont pu penser. Mais tout à coup, j'ai eu besoin de savoir ce que tu portais.

— Tu as trouvé ?

— Nina Ricci.

— Exact, confirma Lane en riant. Ça oui, c'est de la folie ! Moi, l'odeur que je t'associe ne se présente pas exactement en flacon... Elle regarda Diana, les yeux brillants : Tu verras, je te ferai visiter San Francisco. Je connais un restaurant à Sausalito... Tu pourras mettre cette robe ?

— Si tu veux. J'en ai d'autres qui te plairont sans doute aussi, tu sais.

Lane termina son dîner et soupira, satisfaite. Elle posa sur Diana un regard très bleu :

— Est-ce que je peux voir mon cadeau ?

— Oui.

Diana se sentit de nouveau envahie par la tendresse. Elle se dirigea vers la chambre et revint avec un paquet. Lane défit lentement le ruban et le papier brillant, curieuse comme une fillette :

— Oh !

Et elle dégagea de l'emballage un recueil de poèmes d'Emily Dickinson, dont la reliure en maroquin rouge foncé portait non seulement le titre gravé en lettres dorées mais aussi, dans le coin inférieur de la couverture, les mots "Lane Christianson".

— Je l'ai fait faire exprès pour toi.

— Ça se voit, c'est loin de ressembler à une édition ordinaire ! Lane caressait le cuir, feuilletait les pages bordées d'or : Quel beau cadeau ! Merci, Diana. Je l'adore.

— Et moi, j'ai adoré te l'offrir.

— Il y a une foule d'endroits où j'aimerais t'emmener à San Francisco. Mais je crois bien que je n'arriverai pas à supporter que tu quittes mon lit. Je n'aurai plus qu'à compter sur toi pour me convaincre de te libérer.

Diana perçut nettement sa vulnérabilité. Elle lui répondit avec délicatesse :

— Mais moi, je ne supporterai pas d'en sortir. Et je ne supporterai pas davantage que tu en sortes.

Elles se regardèrent fixement pendant quelques secondes. Lane sourit. Diana se rappela avoir récité un vers dans un break qui avançait sur une route de montagne battue par les vents, et elle se rappela Lane se tournant vers elle avec ce même sourire, qui lui avait serré le cœur tant il était beau et plein de complicité.

— Mon appartement donne sur la baie, reprit Lane. Le soir, quand le brouillard tombe, c'est très joli. Avec un peu de temps, je pourrais t'apprendre à aimer San Francisco.

— Je n'ai aucun doute là-dessus.

Elle pensa : *Tu n'as qu'à me le demander. Dis-moi ce que tu éprouves et demande-le moi.*

— On va mettre de la musique… Elles s'assirent par terre dans le salon. Lane parcourait les disques rangés dans le meuble : *Pretty Eyes*, ça s'impose, décida-t-elle en prenant le disque de Peggy Lee. Est-ce que tu envisagerais la possibilité de vivre à San Francisco ?

— Ça me plairait certainement… Diana fut surprise par le calme de sa propre voix.

— Il fait plus froid qu'ici, mais au moins, la nuit, je te réchaufferais.

— C'est une promesse ? Elle avait gardé un ton neutre, mais son cœur battait à tout rompre. Elle jeta un coup d'œil à Lane.

— C'est une garantie, répondit cette dernière en continuant à passer les disques en revue. Si tu t'installais à San Francisco, tu ne serais pas obligée d'habiter avec moi si… si c'était mieux. Mais je… Tu n'aurais pas besoin de travailler. Je m'occuperais de toi.

— Sauf que moi, je voudrais que nous nous occupions l'une de l'autre, répliqua posément Diana, à la fois stupéfaite et déçue. Ce fut avec un désespoir coupant qu'elle lui demanda : Lane, as-tu l'intention de te comporter avec moi comme le ferait un homme ?

Les mains de Lane s'immobilisèrent sur les disques. Elle fixa le sol des yeux :

— Je crois que oui. Tu as toujours été avec des hommes, tu es habituée à eux.

— Toi aussi.

— Mais moi, aujourd'hui, je sais ce que je veux vraiment. N'oublie pas que j'ai également eu un mois de réflexion. La seule chose que je désire, c'est te rendre heureuse comme un homme pourrait te rendre heureuse.

Diana pensa : *Pourquoi ne me dis-tu pas ce que tu éprouves pour moi ?*

— Lane, que crois-tu que les hommes m'aient apporté de si extraordinaire ?

— Ce qu'il y a de plus évident, pour commencer.

— Je suppose que tu veux parler des attributs sexuels. Mais tu sais l'effet que tu me fais.

— L'attrait de la nouveauté peut ne pas durer.

— L'attrait de la nouveauté ? Toujours avec calme, mais sentant la colère monter en elle, Diana poursuivit : Tu n'es pas une nouveauté, et mes émotions n'ont rien à voir avec l'attrait de la nouveauté. En plus, il n'y a rien qu'un homme et une femme font que nous ne pouvons pas faire.

— Je ne peux pas te donner d'enfant.

— Lane, j'ai trente-quatre ans et deux relations stables derrière moi. Autant dire que si j'avais voulu des enfants, à l'heure qu'il est, j'en aurais.

— Ni la force des hommes, ni la sécurité qu'ils ont les moyens de t'apporter.

— Tu as toute la force dont j'ai besoin. Avec toi, je me sens beaucoup plus libre d'être celle que je suis. Avec toi, je me sens plus en sécurité que je l'ai jamais été… Elle ajouta, avec une véhémence due à la rage qui ne cessait de grandir en elle : Moi, je ne me suis pas excusée d'être une femme, alors ne le fais pas ! Juste une question, Lane : si nous nous étions rencontrées à l'époque où tu étais avec Mark, aurais-tu laissé tout ça arriver entre nous ?

Après une longue pause, elle répondit :

— C'est difficile à dire, même s'il est évident que je l'aurais désiré de toutes mes forces. Je pense que tu m'aurais détournée de lui, mais je n'en suis pas certaine. Il y avait d'autres facteurs qui entraient en jeu, notamment le fait que mon père était encore vivant, et moi plutôt lâche…

— Si je t'avais connue plus tôt, pas un homme au monde n'aurait pu me détourner de toi.

— Diana, tu ne me connais pas très bien. Je ne sais pas si je peux m'occuper de toi… te donner ce dont tu auras besoin, dans tous les sens du terme.

Diana réfléchit : *S'occuper de moi ? Me donner ce dont j'ai besoin ? Pourquoi ne me dit-elle pas qu'elle m'aime ? C'est ça que je veux entendre.* Elle reprit :

— Qui peut répondre à ça ? Je te connais suffisamment et je sais tout ce que je veux savoir. Quel genre de garanties peut-on offrir à l'autre ? Pour toi, je ne peux être que moi. Je te demande juste d'être toi, et personne d'autre… Lane avait toujours les yeux au sol. Diana soupira et serra les poings de frustration : Si je voulais une femme qui se comporte en homme, c'est une Liz qui m'attirerait. J'aime l'idée que tu portes des robes aussi bien que des jeans.

Lane dit d'une voix lointaine :

— Tous les matins, je me suis réveillée en pensant que je t'avais rêvée, que tu étais la femme de mes rêves et que tu n'avais jamais existé…

Furieuse, accablée de douleur, Diana l'interrompit :

— Tu sais ce que je crois ? Je crois que tu ne m'aimes pas. Tu veux te comporter comme un homme avec moi ? Tu te comportes effectivement comme un homme, comme le pire des hommes ! Pour toi, je ne suis qu'un corps de femme, à peine une silhouette sortie de tes fantasmes, ta femme sans visage. Je suis peut-être Carol. Ou juste un symbole de celle avec qui tu désires véritablement coucher.

Lane la regarda, les yeux écarquillés :

— Ce n'est pas vrai… L'angoisse déformait sa voix : Quelle horreur, ce n'est pas vrai ! Carol et moi, nous n'étions que des gamines, ça n'a rien à voir avec ce qui se passe entre nous. J'ai peur,

Diana, j'ai très peur de ce que j'éprouve pour toi… Ses lèvres tremblèrent, elle murmura faiblement : Je ne sais pas ce que je deviendrais si tu me faisais du mal.

— Lane, regarde-moi… Diana se pencha vers elle et lui prit le visage, mais elle gardait les paupières hermétiquement closes : Lane, regarde-moi ! Des yeux gris-bleu désespérés, pleins de larmes, s'ouvrirent enfin. Du plus profond de son cœur, Diana dit : Je ne te ferai jamais de mal. Jamais.

— Je t'aime, je t'aime plus que tout. J'ai eu envie de te le dire si souvent. Je t'aime depuis que je t'ai regardée dans les yeux pour la première fois, pendant les jeux de Madge. Quand tu m'as tenue, comme maintenant. Tu es tellement douce, tellement sincère avec moi, tellement adorable… Diana, je me sens bien auprès de toi. Et quand tu as pleuré dans mes bras, je voulais juste te réconforter. Chaque fois que nous nous touchions, je me rendais bien compte que je t'aimais. Et il m'était terriblement difficile de ne pas te l'avouer. Mais je ne pouvais pas. La dernière nuit, pendant que tu me parlais et que je te faisais l'amour, j'ai failli, failli te le dire. Et je l'ai presque fait tout à l'heure, au téléphone. Oh, Diana, je t'aime plus que tout !

— Je t'aime, répondit Diana d'une voix éraillée. Être avec toi, c'est ce que je désire le plus au monde… Elle serra violemment Lane contre elle, et ajouta : Moi aussi j'avais peur… Le pull de Lane étouffait ses paroles, encore légèrement saccadées : J'avais peur que tu ne m'aimes pas.

— Je craignais d'en demander trop en demandant ce que je voulais vraiment : t'avoir toujours près de moi… Elles s'embrassèrent, sans plus aucune douceur : Maintenant, je ne souhaite plus qu'une chose, te faire l'amour.

— Faire l'amour avec moi. Pas me faire l'amour… Elle laissa retomber sa tête sur l'épaule de Lane. Enveloppée par la chaleur des bras de son amante et complètement heureuse, Diana expliqua : Quand on est à égalité, on fait l'amour avec quelqu'un, pas à quelqu'un. Crois-tu que je parviendrai à ce que tu le comprennes, un jour ?

— Peut-être, mais pas ce soir. Ce soir, nous ne sommes pas à égalité. Tu n'en auras pas l'occasion.

Diana l'embrassa légèrement sur l'oreille et la sentit frémir :

— Je suis sûre que je peux t'amener à changer d'avis, dit-elle avec un sourire. Elle soupira et croisa les bras : Au fond, je trouve qu'il y a vraiment trop de problèmes entre femmes ! Par exemple, tu as du rouge à lèvres sur le pull.

— C'est l'hôtesse de l'air qui va être épouvantée ! À propos, si tu venais avec moi demain matin ? Tu pourrais prendre ta journée et… la passer avec moi ?

— Oui. De toute façon, j'ai bien l'impression que je vais devoir démissionner.

Lane lui caressa les cheveux :

— Tu sais, je peux travailler n'importe où… Où que nous choisissions de vivre. Si tu préfères…

— Moi aussi, je peux travailler n'importe où. San Francisco sera un cadre parfait.

— Quand l'as-tu su ?

— Que je t'aimais ? Ç'a toujours été là, de plus en plus fort. Mais d'une façon consciente, au motel.

J'ai compris que je voulais me réveiller près de toi tous les matins jusqu'à la fin de mes jours.

— Tout va très vite, Diana, très vite… Vivre ensemble, ça va nous créer des problèmes…

— Oui. Mais nous serons toutes les deux. Quand nous avons fait l'amour pour la première fois, tu m'as demandé comment je savais de quelle manière je devais te toucher et je t'ai répondu que je le savais, simplement. Eh bien aujourd'hui, c'est pareil. Je sais que nous vivrons ensemble… Elle récita :

L'Âme choisit sa Compagnie intime –
Puis – referme la Porte

— Je t'aime.

Et Diana dit, en essayant les mots, en les savourant :

— Ma chérie…

Également aux Éditions Dans L'Engrenage :

Cara et moi, Emma Donoghue (Irlande).
ISBN 978-2915342-18-5. 18,00 euros.Prix de l'American Library Association.
« Un récit dépouillé, très fort. La relation prolixe d'un amour vital et les réflexions sur la nature du désir sont justes et profondément émouvantes. » *Kirkus Review.*

Mrs Medina, Ann Wadsworth (États-Unis).
ISBN 2-915342-10-5. 18,00 euros.Prix Foreword Magazine. Finaliste du Prix Lambda.
« Finement observé et lumineux. À bien des égards, la lecture de *Mrs Medina* ressemble à la lecture d'un roman de Virginia Woolf. » *Echo Magazine.*

Embrase-moi, Kristen Garrett (États-Unis).
ISBN 2-915342-09-1. 16,00 euros.
« *Embrase-moi* vous saute au visage et vous bouscule de sa langue colorée. L'humour est largement lié à la vision du désir lesbien enraciné dans l'Amérique moyenne. » *Lambda Book Report.*

Patience et Sarah, Isabel Miller (États-Unis).
ISBN 2-915342-05-9. 16,00 euros.Prix du meilleur roman gay et lesbien des États-Unis.
« C'est un livre qui m'a touchée par son lyrisme, sa simplicité, son humour fin et son côté sexy. » Sarah Waters.

Le Saut de grenouille, Lucie Brocard (France).
ISBN 2-915342-00-8. 14,50 euros.
« Excellente histoire, pleine d'originalité et de charme. » *Lesbia Magazine.*

Cave n° 55, Lucie Brocard (France) - recueil de nouvelles.
ISBN 2-915342-06-7. 15,50 euros.
« Parfois légers, pétillants, souvent capiteux, les récits qui composent *Cave n° 55* sonnent toujours juste. » *La Dixième Muse.*

Pars avec elles, Collectif (Espagne) - recueil de nouvelles.
ISBN 2-915342-03-2. 16,00 euros.
« Une littérature succulente servie par des femmes qui se passent le flambeau sans que la flamme vacille. » *Oxydo Magazine.*

Collection *Romance* (rose)

Coyote Sky, Gerri Hill (États-Unis). ISBN 978-2915342-17-8. 16,50 euros. FINALISTE DU PRIX GOLDEN CROWN LITERARY SOCIETY.
« Un récit très bien mené sur fond des paysages éblouissants du désert du Nouveau Mexique... Un véritable plaisir de lecture, à de nombreux niveaux. » Anna Furtado, *L.Word.com*.

Et la revoir..., Lyn Denison (Australie).
ISBN 978-2915342-14-7. 10,00 euros.
« Une histoire qu'on ne lâche pas jusqu'à la fin. » *Lesbia Magazine.*

Rêve à nu, Lyn Denison (Australie).
ISBN 2-915342-13-X. 16,50 euros.
« Bien écrit, parfait pour les moments où l'on aimerait que la vie soit simple, le sexe excitant, l'amour éternel et sans complications. » *Scriming Hyena Reviews.*

Celles qui s'abandonnent, Ann O'Leary (Australie).
ISBN 2-915342-11-3. 15,00 euros.
«Ann O'Leary se sert d'une situation classique pour la bouleverser habilement, elle construit parfaitement ses personnages. » *Bay Area Reporter*

Collection **Cambouis** (noir)

Hancock Park, Katherine Forrest (États-Unis).
ISBN 978-2-915342-19-2. 16,50 euros. PRIX LAMBDA PIONEER POUR L'ENSEMBLE DE SON ŒUVRE.
« Le personnage de Mme Forrest, Kate Delafield, de la police criminelle de Los Angeles, laisse une très forte impression. » *New York Times*.

Bande dessinée

Le Monde de Jane 1 et 2, Paige Braddock (États-Unis)
ISBN 2-915342-04-0. 17,00 euros ; ISBN 2-915342-12-1. 17,00 euros.
FINALISTE DU PRIX EISNER DU MEILLEUR AUTEUR DE B.D. HUMORISTIQUE DES ÉTATS-UNIS.
« Le style simple du trait de Braddock transcrit parfaitement les caractères et émotions de ses personnages. Ses histoires sont drôles et sympathiques, ses personnages attachants et originaux. » *GayLeague*.

Imprimerie France Quercy - Mercuès
N° d'impression : 72622B
Dépôt légal : novembre 2007

Imprimé en France